KB276080

솔페리노의 꿈

적십자는 휴머니즘이다

김혜남 지음

하늘재

솔페리노의 꿈

적십자는 휴머니즘이다
솔페리노의 꿈

지은이 | 김혜남
펴낸이 | 조현주
펴낸곳 | 도서출판 하늘재

1판 1쇄 펴낸날 | 2001년 10월 25일

1판 4쇄 펴낸날 | 2003년 1월 20일

등록 | 1999년 2월 5일 제20-140호
주소 | 서울시 양천구 목4동 798-8 2층(158-054)
전화 | (02)2644-0656
팩스 | (02)2644-0657
E-mail | haneuljae@hanmail.net

ISBN 89-950193-8-7 03810

값 9,000원

© 2001, 김혜남

*잘못된 책은 바꾸어 드립니다.

만 이미 세대와 운동감각에 차이가 있는지라 그의 전문성과 사무처리 능력에 감탄하며 이를 존중하게 되었다. 그는 내가 적십자를 떠난 뒤 19년을 더 근무하다가 32년 만인 작년에 정년으로 퇴직하였다. 김혜남 씨는 참으로 뛰어난 적십자의 일꾼이었으며 한국 청소년 적십자운동에 큰 업적을 남긴 공로자이다. 그는 청소년부장으로 뿐만 아니라 국제부장으로도 남다른 활동을 하였고 교육원 교수로서도 인기있고 실력있는 교수였다.

그는 말보다 실천이 앞서는 사람이다. 마음이 언제나 젊고 성격이 솔직하여 개성과 주체성이 강하여 좋아하는 것과 싫어하는 것을 숨기지 않는다. 낡고 딱딱한 형식이나 규제에 얽매이지 않고 자유로운 발상과 의지로 하고 싶은 일, 해야 할 일을 처리한다. 그런가 하면 은근하고 독특한 친화력으로 국내외에 그를 좋아하는 많은 친구를 갖고 있으며 그런 인간관계가 적십자 활동의 성과를 높이는 데 큰 힘이 되기도 하였다.

그 김혜남 씨가 이번에 그동안 적십자에서 일하며 체험했던 숱한 추억 가운데 중요한 부분을 추려 《솔페리노의 꿈》이란 책으로 엮어 내게 되었다. 초고를 주기에 한번 읽어보니 재미도 있거니와 감동되는 데가 많다. 이 얘기의 소재와 무대가 다양하며 모두 다 적십자 정신을 행동으로 구현하기 위해 애쓴 생생한 기록이다.

초등학교 4학년 때 착한 일하자고 모인 다섯 명의 친구들과 함께 노래 연습을 해가지고 군병원을 위문하던 이야기로부터 그의 '사랑과 봉사' 활동은 국내외 곳곳에서 혹은 대규모 캠프 주최로 혹은 후진국 개발의 현지 지원으로 혹은 국제회의 대표 활동으로 다양하다. 동남아시아의 가난한 나라들과 몽골을 찾아가 조직 훈련과 프로그램 개발을 도와주기도 하고, 오스트리아나 터키 같은 나라 적십자 주최의 국제 행사에 참석하여 국제 친선의 우정을 꽃피우며, 양로원 노인들에게 손수 기타를 치며 독일어로 '들장미'를 불러 그들을 눈물짓게 하였다는 아름다운 정서적 이야기는 그의 숙련된 국제감각

추천의 글

　오늘날 인류사회에서 적십자운동만큼 신뢰받고 환영받는 순수하고 아름다운 선의의 운동은 없을 것이다. 그 적십자운동은 처음부터 굉장하게 체계화된 사상이나 이념으로 시작된 운동이 아니다. 1859년 앙리 뒤낭이라는 스위스 청년이 우연히 솔페리노 전쟁터에 갔다가 많은 상병자들의 고통을 목격하고 그의 가슴속에 있던 인류애가 촉발되어 구호활동을 한 것이 발상이 되어 현재와 같은 국제적십자운동으로 발전한 것이다.

　우리 나라 적십자운동은 100년 가까운 역사를 가졌다 하나 제대로 활동을 전개하게 된 것은 아마도 6 · 25동란을 거치면서일 것이다. 청소년적십자운동도 세계적으로는 제1차 세계대전 때에 호주와 미국, 캐나다 청소년들이 유럽의 전재민 아동들에게 위문품을 걷어 보낸 국제친선활동으로 시작되었다 하며, 우리 나라에서도 1953년 봄 아직 전란이 계속되고 있을 때 임시수도 부산에서 외국 청소년적십자 단원들로부터 많은 위문품을 전달받게 되자 우리 나라에도 청소년들의 적십자운동이 필요하다고 인정되어 각급 학교에 청소년적십자 조직이 생기게 되었다. 초창기에는 아무래도 전란중이라 피난민들과 전상병들을 위문하거나 전쟁 고아들을 돕는 활동을 주로 하다가 휴전 후에는 농촌봉사, 보건, 안전, 위생봉사, 고아원, 일선 위문활동 등을 많이 하였는데 차츰 사회가 안정되면서 원래 목적인 과외특별활동으로서의 교육 프로그램의 개발이 필요하게 되었다. 그러한 프로그램을 짜내고 지도할 전문성 있는 리더십이 필요할 때 김혜남 씨가 적십자사에 오게 되었다.

  김혜남 씨가 적십자사에 온 뒤 청소년적십자에는 많은 변화가 일어났다. 이미 걸스카우트에서 지도자 경험을 쌓은 그는 매우 유능한 기획력과 리더십을 갖추고 있었다. 청소년적십자 일을 맡은 뒤에는 독특한 창의력과 무서운 추진력으로 그러나 소리없이 조용히 조직과 프로그램 운영에 많은 변화와 발전을 가져왔다. 나는 처음에는 청소년부장으로 뒤에는 사무총장으로 그와 더불어 일을 같이 했지문에 대해 끊임없이 고민하며 생각해줄 것을 기대해본다.

　　우리에게 흔들 수 있는 깃발이 있는가
　　우리에게 부를 수 있는 노래가 있는가
　　우리에게 따라갈 수 있는 지도자가 있는가
　　우리에게 목숨을 버릴 수 있는 신조가 있는가

　　부족한 글이 이렇게 한 권의 책으로 나올 수 있도록 격려해주신
서영훈 총재님과 하늘재의 조현주 님께 깊은 감사를 드린다.

2001년 10월

김혜남

1. 적십자 칸타타

과 문화적 소양이 수시수처에서 인류친화를 유도하는데 활용된 실
례라 할 수 있다.

　이 책에 담긴 내용들은 무슨 거창한 도덕적 교훈이나 철학적 강론
이 아니라 책 이름 그대로 '솔페리노의 꿈'을 조금씩 실천해나가는
이야기들이다. 나는 이 책이 적십자 운동에 참여하는 많은 사람들에
게 읽혀서 인류의 고난 경감과 평화 증진에 도움되기를 바란다.

2001년 10월
대한적십자사 총재

서 영 훈

책머리에

지난 봄 학생들과 봉사원, 직원들이 읽을 수 있는 책을 한번 써보라는 서영훈 총재님 말씀에 한동안 고민하다가 교육원에서 국제적십자운동의 역사, 표장, 이념, 국제인도법 등을 가르치면서 이해를 돕기 위해 예로 들었던 그간의 경험담이 늘 좋은 반응을 얻었던 것을 기억하고 그 이야기들을 중심으로 책을 쓰기 시작했다.

그리고 제5장은 적십자사의 인도법연구소와 국제부에서 근무하는 동안 봉사원과 직원 교육을 위해 마련했던 교재 중에서 몇 가지를 골라 오늘날 적십자의 기본원리와 주요 관심사에 대한 이해를 돕기 위해 넣어보았다.

32년의 세월은 참으로 긴 시간이었으며, 그 모든 것을 한 권의 책에 다 담기는 어려운 일이었다. 그러나 그 길고 무더운 여름 하루하루 글쓰기에 매달리면서 내가 사랑했고, 그 안에서 많은 좋은 사람들을 만날 수 있었던 적십자에서의 그간의 생애를 정리할 수 있었다. 이 책을 통해 학생들과 봉사원들, 특히 적십자 후배들과 나의 경험을 나누면서 하버드 대학생들처럼 적십자인들도, 다음과 같은 질

3. 적십자에서 만난 사람들

1

적십자 킨타타

솔페리노의 아름다운 언덕

1999년 6월 30일 오후 7시. 아직도 초여름의 열기가 가시지 않은 여의도 KBS홀 앞에는 초대권을 좌석권으로 바꾸어 입장하려는 사람들이 긴 줄을 이루고 있었다. 1부는 베토벤의 〈피델리오 서곡〉과 〈교향곡 7번〉으로 꾸며졌으며, 2부에는 1년여의 힘든 작업 끝에 나온 〈적십자 칸타타(Cantata "Rubra Crux")〉가 올려졌다. 20대의 젊은 작곡가 유재준 교수의 곡이다. 나는 현대음악에 대한 어느 정도의 두려움이 있었다. 그러나 KBS 교향악단과 국립합창단, 수원시립합창단은 23분 동안 RCY(Red Cross Youth : 청소년적십자) 지도교사이며 시인인 이석민(성덕여자중학교), 김동률(고척고등학교) 두 사람의 앙리 뒤낭에게 바치는 서시 〈오 작은 것의 위대함이여〉를 장엄한 합창과 연주로 우리에게 전해주고 있었다.

…

솔페리노의 아름다운 언덕에
햇살 눈부시게 쏟아지던 날

고요는 사라지고 포연 가득하더니
들판은 시체로 덮여 산을 이루고
마른 웅덩이마다 핏물 고였다.
…

광막한 살육의 들판에 황혼이 지고
고통으로 신음하다 죽어가는 영혼들
까스띨료네를 지나던 나그네
…

가지마다 수많은 잎새로 그늘을 드리우는
수백 년 된 아름드리 나무들도
한 알의 작은 씨앗이 싹터 거목이 되었고
모든 인간의 마음과 영혼을 맑게 씻으며
영원히 남아 감동을 주는 관현악곡도
작은 음표 하나 하나로부터 시작되리니
오오, 작은 것의 위대함이여
…

　이 시와 함께 작곡 의뢰를 받은 젊은 작곡가(그는 1970년 생이다). 전쟁을 겪어본 적도 없고, 그의 말대로 "위 세대들이 잘 가꾸어놓은 나라에서 먹을 것과 입을 것 걱정 없이 자랐고, 이것저것 공부하다 보니까 어느새 작곡가가 되어 있었으나 한번도 진정으로 힘들게 살아본 적이 없는" 신세대 작곡가가 1859년 솔페리노 전투의 참상과 전쟁터에서 싹튼 인류애를 과연 이해할 수 있을 것인가 하는 것이 연주 시작 전 내 마음속에 자리잡은 걱정 아닌 걱정이었다. 그러나 가슴 떨리는 이 감동을 이 작곡가는 어디에서 퍼 올린 것일까 하는 의

문은 '작곡가의 변'에서 그 해답을 얻었다.

"제 친구 중에 멘도라는 알바니아계 유고슬라비아인이 있습니다. 폴란드에 유학해서 작곡을 공부하던 친구인데 언제나 고향인 코소보에서 들려오는 라디오로 하루를 시작하며 가난하게 살지만 밝은 세상을 사랑하는 친구였습니다.

오랜만에 그 친구를 방문한 적이 있었습니다. 초췌해진 얼굴로 나를 맞은 그 친구는 기숙사 방 한 칸에서 돈이 없어서 일주일 동안 설탕을 물에 타 먹으며 새 작품에 매달렸던 겁니다. 인종간의 불화와 생명의 위협 때문에 일찌감치 해외로 도피한 그의 가족들은 10년 동안 만난 일이 없다고 합니다. 이 친구의 소망은 자신이 유명한 작곡가가 되어 해외에 흩어져 있는 가족들이 자기 이름을 듣고 찾아오는 것입니다.

지금 그 친구의 고향은 전쟁의 포화로 뒤덮여 있습니다. 수많은 사람들이 죽이거나 죽임을 당하고 있습니다. 제 친구가 그토록 자랑하던 수려한 자연과 멋진 호숫가, 마음 넓은 사람들이 있던 곳이 아비규환의 지옥으로 변해 있습니다.

……

제 친구 멘도가 없었다면 코소보 사태는 그저 남의 일이었을 것입니다. 그들의 고통을 대신할 수는 없지만 그들을 위로할 수 있는 음악을 만들고 싶었습니다……."

그는 연일 보도되는 코소보 사태를 보면서, 폴란드에서 함께 공부하던 친구를 생각하며 작품에 매달렸던 것이며, 작곡자의 이러한 마음은 140년 전의 전쟁 장면과 오버랩되면서 그렇게 진한 감동으로 우리에게 다가왔던 것이다.

그는 제1부에서 베토벤의 작품을 택한 이유도 잘 설명해주고 있었

다. 〈피델리오〉는 불의에 맞서 싸우는 사람들의 용기를 그린 작품이
고, 〈교향곡 7번〉은 새로운 자유와 승리의 열광이라고 할 만큼 생동
감 있는 작품으로서 세계 사람들에게 자유와 헌신, 새로운 세계로
향하는 용기를 주기 때문에 베토벤의 음악은 적십자가 지향하는 세
계 평화에 대한 이상과 일맥상통한다고 설명하고 있다.

작품이 완성되기 전 서울대학교로 작곡가를 찾아가서 만난 적이
있다. 우리는 작업실 밖의 옥상에서 관악산을 바라보며 많은 이야기
를 나누었다. 서울대학교에서 작곡을 공부하고 폴란드(Krakow
Music Academy)에서 펜데레스키(Krzystof Penderecki)의 지도로 석
사·박사 학위를 받고 모교에 돌아온 젊은 교수는 대학에서 가르치
지 않고 작곡만 할 수 있으면 좋겠다고 말했다. 앞길이 창창한 젊은
작곡가인 그의 앞날이 기대된다.

청소년적십자 단원들, 봉사원들이 부를 노래를 한번 생각해보라
는 총재의 한마디가 이렇게 하나의 작품으로 발전할 수 있었던 것은
누구보다도 적십자를 사랑하고, 음악을 사랑한 장정자 부총재가 있
었기 때문이다.

대한적십자사 창립 100주년이 되는 2005년에도 이 연주를 다시 들
어보고 싶다. 적십자의 정책 결정자들과 간부 직원들 가운데 문화적
감각이 있는 사람이 있다면 가능한 일일 것이다.

나자로 마을의 통나무 장기판

1977년 6월 쏟아지듯 퍼붓는 집중호우로 인해 안양천이 범람하여 많은 수재민이 발생했다. 의왕에 자리잡은 나환자촌 나자로 마을도 예외가 아니었다. 이 나환자촌에는 앞을 잘 보지 못하거나 다리를 잘 쓰지 못하는 사람들도 있었지만 특히 손이 오그라붙은 사람들이 많기 때문에 삽을 제대로 잡을 수 없는 이들 손으로 무너져 내린 길들을 복구하는 데 얼마나 시간이 걸릴지 알 수 없다는 것이었다.

그 이야기를 전해듣고 그 여름 대학적십자 회원들이 그곳에서 봉사활동을 하기로 계획을 세웠다. 전국 각지에서 모인 대학생들은 60여 명에 이르렀고 그 중에는 여학생들의 수가 거의 반을 차지하였다. 이들의 학과도 아주 다양해서 인문계열부터 공대까지 골고루 분포되어 있었다. 처음에는 어디로 가는지 몰랐던 60여 명의 대학생들 중에는 나자로 마을로 향하는 버스 안에서 저희들끼리 투덜거리는 학생들도 있었다.

"하필이면 나환자촌에서 봉사해야 하는 거야."

"이 좋은 여름에 경치 좋고 물 좋은 곳 다 두고 나만 귀양 가는구나."

"이러다가 병이라도 옮는 거 아냐."

이런 이야기들이 투덜거림의 주제였다.

그러나 일단 도착해서 아직도 진흙과 물에 잠겨 있는 길이며 무너진 담들과 환영하러 마중 나온 환자들의 불편한 몸을 보자마자 대학생들은 군소리 없이 즉시 삽과 양동이를 들고 삼삼오오 짝을 지어 진흙을 쳐내고 무너진 돌길을 바로잡는 일에 몰두하기 시작했다. 남학생 여학생 가리는 일도 없이 모두들 구슬땀을 흘리며 언제 불평을 했는가 싶게 삽질을 하는 것을 보며 내심 흐뭇하기 짝이 없었다.

수재 복구하는 데 이 마을 사람들만 동원했다면 한 달이 넘게 걸릴지도 모를 일들을 젊은이들은 열성적으로 쉬지 않고 일을 해서 일주일 만에 다 끝냈다.

나환자를 기피하거나 노동봉사를 어렵게 생각하던 학생들은 그동안 그 사람들의 순박함과 성실함을 보고 힘든 노동의 결과가 눈앞에서 나타나는 것을 보면서 그런 생각들이 완전히 바뀐 것 같았다.

마지막 날 주민들과 마을 광장에서 함께 한 캠프 파이어에서는 남학생, 여학생 가릴 것 없이 저마다 무릎에 아이들을 한 명씩 앉히고, 마주치는 것도 겁내던 주민들과 손잡고 작별을 아쉬워하였다.

우리들을 위해 즐거움을 선사하고 싶다던 오십대를 바라보는 얼굴이 검게 그을린 주민 대표의 노래는 가슴을 울렸다. 권혜경이 두 손을 맞잡고 애절하게 부르던 〈산장의 여인〉은 바로 그들 자신의 슬픔을 절절히 드러내는 노래였다.

아무도 날 찾는 이 없는 외로운 이 산장에
단풍잎만 차곡차곡 쌓여 있네
세상에 버림받고 사랑마저 물리친 몸
병들어 쓰라린 가슴을 부여안고
나 홀로 재생의 길 찾으며, 외로이 살아가네.

떠나는 날 아침 이른 시간에 〈산장의 여인〉을 부르던 주민 대표가
계란을 한 양동이 갖고 왔다. 우리는 '대가를 바라지 않는다' 는 봉사
의 원칙을 떠올리며 정중히 사양했다. 그러자 그는 "문둥이가 키우
는 닭이 낳은 계란이라 안 먹느냐"며 벌컥 화를 내는 것이 아닌가(그
들 대부분이 양계를 하고 있었다). 그런 게 아니라 우리는 철저하게 봉
사만 하고 어떤 대가도 바라지 않게 되어 있기 때문에 그 마음은 감
사하지만 민폐를 끼칠 수가 없어서 그런다고 아무리 설명해도 주민
대표는 막무가내였다.

이것을 받지 않으면 자기들을 싫어하는 것으로 간주하겠다던 그
의 고집에 우리가 져서 할 수 없이 그것을 받아 아침에 전원이 계란
프라이를 해서 맛있게 잘 먹었다. 아침을 먹으면서 그 사람들의 마
음을 헤아리려면 과연 '대가를 바라지 않는 봉사' 의 의미를 어느 시
점에서 바라보아야 하는가 하는 생각을 다시 한번 했다.

그 후에도 나자로 마을 하면 산장의 여인과 계란 프라이와 함께
세상에서 제일 큰 장기판이 생각난다. 땅바닥에 그려져 있는 장기판
도 어마어마하게 크지만 장기알도 통나무를 베어서 만든 것이라 궁
이며 차며 포 같은 말 하나 옮기려면 힘 좋은 사람이 두 팔로 안고
낑낑거리며 옮겨야 한다. 그래도 한 사람이 그나마 쉽게 옮길 수 있

는 것은 크기가 좀 작은 졸뿐이었다. 게다가 한 번 말을 옮기고 나서 그 다음 번에 두려면 가까이서는 전체 판도가 보이지 않아 판단이 안 서기 때문에 양 팀의 대표가 장기판이 내려다보이는 야트막한 언덕까지 정신없이 달려 올라가야 했다. 올라가서 전체 판을 읽고 난 후 뛰어 내려와 다시 양팔로 낑낑거리며 말을 옮겼다. 양 팀의 대표는 부지런히 언덕을 오르내리고, 다른 사람들은 언덕에서 판이 바뀌는 것을 내려다보며 열심히 응원하고 나름대로 훈수를 두기도 했다.

"그렇게 하면 안 돼. 차가 죽지 않나."

이러고 훈수를 두는 학생들도 있었고,

"졸이 앞으로 나가야지. 앞으로."

하면 옆에서,

"졸은 후퇴를 못하니까 함부로 앞으로 나가면 안 된다니까."

하고 겹 훈수를 두는 학생도 보였다.

너무도 흥겹고 즐거운 장기 두기였다. 왜 그렇게 큰 장기판과 말을 만들었느냐고 당시 그곳 원장이신 이경재 신부님께 여쭈어보았더니 인생을 좀 떨어져서 바라보는 마음을 갖게 하기 위한 것이라고 응답하셨다. 정말이지 이 답답한 세상에서 가슴이 탁 트이는 아이디어가 아닌가.

제작 의도도 좋고, 운동도 겸한 게임이다 싶어 지금도 젊은이들에게 컴퓨터만 끼고 있지 말고 나와서 그 장기를 두어보라고 권하고 싶은 마음이 굴뚝 같다.

나자로 마을 하면 성당에서부터 건물과 건물을 연결하는 길목까지 구석구석 참 아름다웠음을 기억한다. 각종 잎새를 달고 서 있는 나무들이며 흐드러지게 피어나던 여름 꽃들, 그리고 돌로 정갈하게 깔아놓은 산책로의 고즈넉한 정적들은 세상을 잊은 듯 아름다웠다.

그리고 그 기간 중 어느 햇살 좋은 날 아침 사제관에 초대받은 아침식사를 잊을 수 없다. 수녀님들이 정갈스럽게 우리 앞에 내놓은 샐러드며, 갓 구운 빵, 커피는 창 밖에 흔들리는 나뭇잎들과 함께 한 폭의 그림처럼 기억 속에 남아 있다.

제주도 트렉 캠프

전국의 초·중·고·대 RCY(Red Cross Youth : 청소년적십자) 대표
들은 매년 한차례 모여 총회를 한다. 청소년적십자 창립 30주년을
앞에 두고 이들에게서 아이디어를 구하기로 하고 총회기간 중 지방
협회별로 30주년 기념행사를 계획하는 시간을 가졌다. 10시간 가량
의 시간을 주고 난 후 지방협회별로 세운 계획, 행사내용, 조직, 예
산, 진행계획 등을 발표하도록 했다.

여기서 채택된 것이 제주협회의 제주도 트렉 캠프(Trek Camp)였
다. 계획도 참신했거니와 아름다운 제주도에서 한옆으로 바다를 끼
고 섬을 반 바퀴 걸어서 돈다는 계획은 충분히 모든 사람의 관심을
끌 만했다. 이들이 세운 계획은 실제로 시행할 때 약간의 수정을 거
쳤다. 원래의 계획은 전체를 네 팀으로 나눠서 제주시를 출발, 한 팀
은 동쪽 해안을 따라서, 한 팀은 서쪽 해안을 따라, 그리고 나머지 두
팀은 각각 제주도 횡단도로를 거쳐 닷새 후 서귀포에서 만나는 계획
이었다. 횡단도로를 이용하는 데는 하루면 된다고 하여 최종적으로

동·서 두 팀으로 나누어 진행하기로 했다.

1983년 기념행사 계획이 확정되고, 전국의 청소년과 직원들의 여러 차례에 걸친 준비회의와 사전답사, 외국 단원 초청하는 일 외에도 보통 일이 많은 것이 아니었다. 제일 큰일은 1,200여 명의 단원들을 제주도로 실어 나르는 일이었다. 대한항공에서 학생단체 할인을 받기 위해 그 많은 학생의 주민등록번호와 교장 추천서, 재학증명서를 받아야 했고, 12개 지사가 한 군데 모여서 떠나는 것이 아니고 공항도 다 틀린 데다가 갈 때는 비행기로 가고 올 때는 배로 오겠다는 지사, 반대로 갈 때는 배로 올 때만 비행기로 오겠다는 지사, 떠나는 날짜와 돌아오는 날짜도 제각각이었다.

이렇게 되니까 대한항공도 여간 성가셔하는 것이 아니었다. 왕복표를 사야 할인해주겠다는 것이었다. 또 이렇게 많은 사람이 이동하는 데 따른 보험도 들어야 했다. 이 복잡한 일은 김민오 씨가 깨끗이 해냈다. 컴퓨터도 없는 당시에 그런 일 하기는 쉽지 않았을 것이라 지금도 생각하면 놀랍다. 현지에서 쓸 대형 물통, 티셔츠, 모자, 배낭, 깃발 등 구매하고 제작할 것들은 끝도 없었다. 마지막으로 한국화약으로부터 30발의 축포까지 주문을 끝냈다. 이 모든 구매·제작은 심건식 씨의 몫이었다. 제주지사의 양두목(양두석 당시의 청소년과장을 아직도 우리는 '양두목'이라 부른다)의 선친께서 교육감이셨다는 것은 아이들이 20~30킬로미터를 걸은 후 묵게 될 학교 건물 사용 교섭에 큰 도움이 되었다.

8월 11일부터 16일까지로 날짜를 잡는데 해방 이후 8월의 날씨 통계를 참고하는 등 우리가 할 수 있는 준비에 최선을 다했으나 정작 며칠 앞으로 닥치자 우리는 계속되는 불볕더위에 속수무책이었다.

이런 날씨에 아이들을 닷새 동안 걷게 한다는 것은 살인행위가 아닌
가. 제주지사 양두목에게 전화를 걸고 제주도에 버스가 몇 대나 있
는가 알아봤으나 1,200명을 실어 나를 충분한 버스도 트럭도 없었다.
엎친 데 덮친다더니 이제는 오키나와 남쪽에서 태풍이 발생했다는
것이다. 비행기는 제대로 뜨려는가, 배는 제대로 뜨려는가. 속이 타
는 것을 말로 표현할 길이 없었다.

　출발하는 날 바람이 조금씩 불기 시작했으나 비행기는 예정대로
떴고, 하늘을 덮은 구름은 그간의 불볕더위를 간단히 끝내줬다. 그
당시 나의 하루는 일기예보 듣는 것으로 시작됐다. 태풍의 방향이
최대 관심사였다. 그런데 기상예보관도 설명 못하는 일이 발생했다.
태풍은 한 군데 멈춰서 움직이지 않고 바람만 보내고 있었다. 덕분
에 아이들은 선선한 바람이 부는 구름 낀 아주 이상적인 날씨를 즐
기며 매일 20킬로미터 이상씩 걸어 마침내 닷새째 되는 날 서귀포시
광장에서 양쪽 팀이 만나 함께 최종 목적지인 서귀포여고 마당으로
들어갈 수 있었다. 물론 일사병 환자는 한 명도 없었다.

　그날 저녁 30주년을 기념하는 축제는 대단했다. 이 행사를 위하여
유창순 총재는 귀국을 서둘러 참석했으며, 30주년 행사준비를 위해
야근하는 청소년부 직원들의 간식을 계속 공급해준 홍소자 자문위
원장도 먼 길을 마다 않고 달려왔다.

　30발의 축포로 시작된 캠프 파이어는 참가자들을 흥분시키기에
충분했다. 초저녁부터 구경 온 동네 사람들, 아이들로 운동장 안은
소란스럽기 짝이 없었다. 서울서 준비해 간 폭죽놀이로 밤이 깊어가
는 줄 몰랐다.

　장작불이 사그라져갈 무렵 한 여자가,

"아니, 당신네들 폭죽놀이도 좋지만, 아이 눈을 이렇게 다치게 하다니, 책임져요, 책임을."
하며 우리 단원들의 폭죽놀이로 자기 아이가 눈을 다쳤다고 서슬이 퍼래서 찾아왔다.

이 캠프를 위해 서울 적십자병원이 파견한 의사 두 명 중 한 명이 안과 의사였던 것은 참 얼마나 다행한 일이었는지. 그 의사가 아이의 눈을 검진하더니 그 엄마더러,

"아주머니, 오래 된 병을 폭죽 때문이라고 그러면 됩니까?"
하고 점잖게 나무라자 그 여자는 아무 말도 못하고 아이를 데리고 도망치듯 사라졌다.

마지막 밤 캠프 파이어보다 더 큰 환성이 터진 것은 그 다음날 폐영식장에서였다. 진로를 결정하지 못하고 있던 태풍이 일본열도 쪽으로 빠져 나가고 식이 시작되자 서서히 맑은 하늘 아래 한라산이 그 모습을 드러내는 것이 아닌가.

외국 학생들을 데리고 경주에 도착하니, 오랫동안 적십자 봉사원으로 외국인 안내를 맡아서 해주던 홍정숙 씨가 미리 도착하여 아이들의 방 배정까지 끝내놓고 기다리고 있었다. 그간의 피로가 한꺼번에 풀리는 순간 홍정숙 씨는 아이들 관광은 맡아서 잘할 테니 쉬라고 하며 맥주를 한 병 시켜주고 갔다.

그때 그 시원한 맥주의 맛이란!

백령도에서

1974년 8월 7일부터 15일까지 대학생 51명을 인솔하고 백령도에 가서 간척지 공사를 한 적이 있다. 간척지 공사라고 해도 정주영 회장의 서해안의 대규모 간척지 공사와는 달리 리어카와 지게를 이용해서 돌과 흙을 나르는 아주 원시적인 작업이었다.

그 당시 여객선이라야 100톤밖에 안 되는 데다가 남쪽보다 북한에 더 가까운 백령도로 오고갈 때는 해군함이 호위를 했고, 해군함이 뜨면 조그만 고기잡이 배들도 같이 뜨게 되니 속도를 제일 느린 배에 맞추어야 했다. 또 중간에 대청도, 소청도를 거쳐서 가기 때문에 보통 인천에서 백령도까지 가는 데는 18시간 가량 걸렸다.

"배를 타면 무조건 누워야 해요. 그래야 멀미를 덜 하거든요."

경험자의 말대로 나는 배를 타자마자 자리잡고 누웠다.

영화 촬영팀과 홍보실 직원도 같이 가게 됐다. 이들은 배가 출발할 때부터 도착할 때까지 쉴새없이 화투를 치면서 갔다. 내가 옆에서 꿈지럭거리기라도 하면 판 깬다고 구박이 자심했다. 생각해보라. 18

시간을 화투를 하면 팔이 안 아프겠는가. 팔이 아프니까 팔뚝에 파스까지 붙이고 끈질기게 쳐대는 그들은 멀미도 안하는 것 같았다.

낮 동안에는 열심히 일하고 저녁이면 연극, 가면무도회 등 여러 가지 젊은이다운 프로그램으로 하루의 피로를 풀었다.

백령도 출발을 앞두고는 심술궂은 바다를 달래는 이벤트를 그 당시 대학적십자 총무였던 정경수(한양대학교)가 맡아서 했다. 그 큰 키에 검정색 마분지로 챙 달린 모자를 만들어 쓰고, 검정색 담요를 휘감은 그의 모습은 프랑스 영화에 나오는 쾌걸 조로와 흡사했다. 그의 사설은 더 말할 것도 없었다.

주방으로 사용하는 텐트 안에 있던 몇 명이 커피 타령을 했다. 커피는 있었으나 잔이 마땅치 않았다. 할 수 없이 누런 양은 그릇에 커피를 탔다. 양재기에 타서 마신 커피의 맛은 영 아니올시다였다. 본차이나는 아니더라도 그래도 커피 잔 비슷한 것에는 담아서 마셔야 커피 맛이 난다는 것을 그때 알았다. 안 먹어도 죽지 않는 기호품은 그 자체가 분위기를 타기 때문에 양재기가 아닌, 최소한 머그 잔에는 담아야 제 맛을 내는 것 같았다.

60명이나 되는 학생들이 일주일 이상 함께 지내게 되자 생일 맞는 아이들이 서너 명 나왔다. 섬 안에 빵집이 없으니 생일 케이크를 구할 길이 막연했다. 당시 중앙대에 다니던 주방장 송만영은 그 큰 눈을 깜빡이며 저녁 내내 케이크 준비로 땀을 흘렸다. 송 양은 감자를 삶아서 마가린과 설탕을 넣어 으깬 다음 커다란 양은 냄비에 꾹꾹 눌러 담고 나서(그 다음부터는 기술이 필요한 부분이라고 강조했다) 넓은 쟁반에 엎었다. 그러고 나서 들꽃과 사탕으로 장식하고 초도 꽂았다.

숙소로 쓰던 학교 교실 한가운데 마침내 세상에서 가장 아름다운 케이크가 그 모습을 드러내자 모두 환성을 질렀다. 먹음직스럽게 생긴 노르스름한 케이크의 둘레는 색색가지 사탕과 들꽃, 나뭇잎으로 장식되어 있었고 한가운데 촛불이 밝게 타오르고 있었다. 생일 당사자들과 둘러앉은 다른 학생들은 잠시 말을 잊었다. 그리고 나서 "어머, 어쩌면", "환상적이야", 속삭이는 소리가 여기 저기서 들렸다.

그날 밤 당사자들뿐 아니라 모든 사람을 즐겁게 해준 송 양은 나자로 마을에서의 수해 복구 때뿐 아니라 강원도 간성에서 제방 쌓는 봉사를 한 국제 캠프에서도 주방장의 실력을 유감 없이 발휘했다.

마지막 날 일을 끝내고 모두 바닷가로 달려갔다. 넓은 백사장은 트럭이 다녀도 될 만큼 단단했으며 그 경사가 완만하여 한참 걸어 들어가도 어른 가슴 정도까지밖에 물이 차지 않았다. 대학생들은 정말 신나했다. 발빠른 친구들은 어린아이 팔뚝만한 해삼들을 잡아서 초고추장 같은 것 필요 없다며 그냥 그 자리에서 먹는 것이었다.

이북이 훨씬 더 가까운 백령도.

남북통일이 되면 세계인의 관심을 끌 만한 곳이다.

어린이들이 만든 선물상자

　1992년 계급 정년이 엄격한 군인이었다면 벌써 보따리 쌌어야 했을 텐데 용케 살아남아 2급으로서 기록 세우고 마침내 청소년부장으로 승진했다.

　어느 날 아침 감사실장이 찾아와서 서류를 내밀며 도장을 찍으라는 것이었다. 서류를 읽어보니 전임자 때 있었던 일이지만 현직에 있는 사람이 확인서에 도장을 찍어야 한다는 것이었다. 전임자, 후임자 문제보다 더 기막힌 것은 그 내용이었다.

　나이 좀 든 사람들은 미국 적십자사 청소년단원들이 보낸 선물상자를 받아본 적이 있을 것이다. 가로 20센티미터, 세로 7센티미터, 높이는 6센티미터 정도 되는 상자의 뚜껑을 열면 어린이용 칫솔, 치약, 기막히게 좋은 냄새가 나는 비누, 일곱 가지 색의 크레용, 무지개 색이 나는 수첩 등이 가득 들어 있었던 것을 기억할 것이다. 얼마나 많이 보냈으면 중학교 2학년 때 전교생이 받을 수 있었겠는가. 그것을 받아들고 어찌나 흥분했던지 저녁이 안 먹혔던 것을 요새도 기억한다.

한국전쟁의 폐허에서 일어나 살 만해지자 이제는 우리도 예전에 받은 것을 우리보다 어려운 나라에 갚자는 생각이 들면서 조금씩 국제원조에 참여하기 시작했다.

어렸을 때 받았던 그 선물상자를 우리도 만들어 후진국 어린이들에게 보내기로 하고 몇 년 전부터 본사가 상자를 만들어 각 지사에 보내면 각 지사는 어린이적십자가 조직되어 있는 초등학교에 보내어 어린이적십자 단원들이 그 상자에 학용품, 비누, 칫솔, 치약 등을 채워서 지사에 보내고, 각 지사는 이것을 모아서 본사에 보냈으며, 본사는 이것을 해군의 도움을 얻어 해군 연습함을 통해 수송비 안 들이고 외국에 보냈다.

이 확인서는 본사에서 빈 상자 1만 개를 만들어 지사에 보냈는데 실제로 물건이 채워져서 돌아온 것은 5,000개밖에 안 되니 상자 제작비 중 반나마 손실이 있었다는 주장이다.

나는 감사실장에게 이것은 돈을 주고 공장에 물건 담긴 상자를 주문한 것이 아니고, 어린이적십자 단원들이 그 빈 상자를 자발적으로 채워서 보내오는 것이기 때문에 빈 상자 1만 개가 각 지사에 나갔다고 해도 100% 회수될 수는 없다는 것과, 빈 상자 값만 계산하지 말고 그 내용물의 가격을 계산해보라고 했다. 빈 상자에 채워오는 내용물은 약 7,000~8,000원 상당의 물품이므로 그 가격을 계산해보면 거의 4,000만 원 가량 되는데도 그 점은 전혀 고려하지 않는 것이 답답했다.

그러나 그보다도 더 중요한 것은 우리 어린이들이 외국의 어린이들을 위해 물건을 모아서 보내는 과정을 통해서 얻는 교육적인 효과는 값으로 따질 수 없을 만큼 큰 것이라는 것과, 이 물건이 해외의 어려운 나라 어린이들에게 전달되면서 국위선양에 얼마나 크게 기여할 것인가 하는 것도 값으로 따질 수 없을 만큼 큰 것이라고 설명했으나 전혀 먹혀 들어가지 않았다.

물어내라고 하지 않은 것만으로도 다행으로 생각하라는 말에 할 수 없이 그 확인서에 도장을 찍어주었으나 도저히 그냥 넘어갈 수는 없다는 생각이 들었다. 앞으로 아무리 뜻이 좋고 교육적인 효과가 큰 사업이라도 100% 회수가 불가능한 이런 종류의 사업을 그만두지 않는 한 번번이 확인서에 도장 찍으라고 서류 내밀 것이고, 또 누가 아는가 그 돈 물어내라고 할지.

그래서 월례 간부회의에서 이 문제를 제기하자, 강영훈 총재님은 긴 설명 필요 없이 이 문제를 이해해주셨으며, 그 이후로는 확인서 들고 쫓아온 감사실장은 더이상 없었다.

혜원여고 RCY

혜원여고 홍소자 교장 선생님이 청소년적십자 자문위원장으로 활동하던 시절의 이야기다. 적십자의 중책을 맡으신 교장 선생님은 당연히 교내에 청소년적십자(Red Cross Youth—RCY)를 조직하고 활동을 지원하는 데 열심이었다. 교장 선생님을 따라 학생들도 열심이었다.

어느 해 연말이 가까워오자 이 학교 청소년적십자 단원들은 회의를 했다. 뭔가 좋은 일을 해야 할 텐데 누구를 돕는 것이 가장 뜻 있는 일이 될 것인가 하고 장시간 토의 끝에 요즈음은 다 없어졌지만 그 당시 시내 버스마다 있던 안내양들, 추운데 밤 늦도록 고생하는 안내양들을 돕기로 하고, 안내양 중에서도 혜원여고 학생들이 가장 많이 이용하는 망우동을 다니는 버스 노선의 안내양을 돕기로 했다.

학생들은 열심히 모금했다. 용돈을 아껴서 내기도 하고, 교내에서 모금 행사를 열기도 했다. 어느 정도 돈이 모이자 학생들은 그 돈으로 어떤 선물을 준비할 것인지 오랜 시간 동안 의논했다. 어느 날 안내양들이 좋아할 장갑도 사고, 양말도 사고, 맛있는 사탕이나 과자도 듬뿍 사 갖고 종점으로 안내양 숙소를 찾았다. 뿌듯한 마음으로 선물 꾸러미를 내놓으면서 고마워할 것을 기대했던 이 착한 학생들에게 안내양들의 첫 마디는 너무나 퉁명스러웠다.

"이런 것 안 사와도 좋으니 등교시간에 잔돈 좀 갖고 타라."

등교시간의 만원 버스에 시달리는 안내양들에게 가장 절실한 것은 장갑도 양말도 사탕도 아니고 잔돈이었던 것이다. 그 사람에게 무엇이 가장 필요한 것인가를 충분히 고려해야 한다는 것을 학생들은 그날 배웠을 것이다.

99세까지 장수하신 나의 시어머님 이야기도 무관하지 않다. 아들들이 올 때마다 맛있는 캬라멜이나 초콜릿, 과일을 듬뿍 듬뿍 사다 드렸지만 (그렇다고 군것질을 싫어하셨다는 소리는 아니다) 그보다 더 원하신 것은 두 시간은 족히 걸리는 어머니의 역사를 들어드리는 것과 화투를 함께 치는 것이었다.

그러나 유감스럽게도 우리 내외는 퇴근하여 집에 와도 일이 많았으며, 아이들도 공부에 바쁘다 보니 그렇게 두 시간씩 아무것도 안 하면서 '대동아 전쟁' 부터 시작되는 그 이야기를 들어드릴 수 없었으며, 화투 또한 모두 관심도 없었고 칠 줄도 몰랐다.

어느 날 퇴근하니 "애야, 오늘은 왼손이 이겼다." 하시는 것이었다. 아무도 화투를 놀아드리지 않으니 오른손, 왼손으로 나누어 혼자 화투를 치신 것이다.

앞의 버스 안내양이 원하는 것, 우리 시어머님이 원하셨던 것이 따로 있었던 것이며, 다른 사람들은 자기네 생각에 좋은 대로 했던 것

이다. '욕구측정'이라는 거창한 말이 아니더라도 다른 사람들이 진
정 원하는 것이 무엇인지 한번쯤은 생각해볼 문제이다.

지휘자 정명훈과 돌잔치를 포기한 아기

1995년부터 거듭된 재해로 북한은 국제적십자운동을 포함하여 전세계의 구호 단체나 개인들의 관심 대상이 되고 말았다. 복잡한 정치적인 의도가 없었던 것은 아니나 국내에서도 정부 차원에서, 민간 단체 차원에서 북한 지원이 본격화되었다.

민간 단체들 중에는 기증 단체의 이름 들어가는 것만으로는 만족할 수 없다 하여 직접 옥수수 가루를 구입하러 중국으로 대표들이 가기도 했다. 그것도 한두 명의 전문가나 담당자가 가는 것이 아니라 20여 명씩 떼를 지어서 갔다. 드러나지 않게 선행을 하라는 예수님의 말씀은 성경 속에 덮어두고 옥수수 자루마다 이름 넣는 일에 더 많은 신경을 쓰고 있었다.

적십자사는 통일부의 단일 창구가 되어 있었지만 처음과는 달리 개인적인 성금을 받아 원조할 수밖에 없었다. 금액의 많고 적음에 상관없이 이들이야말로 '선한 사마리아인'의 모습을 보여주고 있었다.

그들 중에 한 명은 세계적인 지휘자 정명훈 씨, 그리고 또 하나는 돌잔치를 포기한 아기이다. 정명훈씨는 1997년 호암재단에서 주는 예술부문의 상금 1억 원 중 세금을 뗀 전액을 북한 구호 성금으로 적십자사에 보내왔다.

돌잔치를 하려고 마련한 돈 50만 원을 북한의 굶는 어린이를 위해서 써달라고 갖고 온 젊은 부부는 조산하여 한동안 인큐베이터 신세를 지면서 위험한 고비마다 주위 사람들의 애간장을 태웠던 아기의 부모였다. 그들은 정말 기적적으로 1년 만에 정상적인 아기가 된 것에 대한 감격을 어떻게라도 표현하고 싶었다고 했다. 그래서 그들은 북한의 배고픈 어린이를 위해 돌잔치 비용을 쓰는 것이 일가 친척들을 대접하는 것보다 더 뜻이 있을 것으로 보고 적십자사에 갖고 온 것이다.

이 아기와 유명 지휘자의 사연은 연맹 아태지역 대표부가 발간하는 신문에 사진과 함께 게재되었고, 우리는 그것이 나오자 지휘자에게 보내고, 또 그 부모가 잘 보관해두었다가 아이가 크면 보여주도록 그 아이의 집에 보냈다.

이웃을 어떻게 진정으로 도와야 하는지 알고 있는 이들의 이야기는 지금 생각해도 마음이 뿌듯하다.

낙원의 봄

본사 현관에 들어서면 오른쪽 벽에 제대로 충분한 조명도 받지 못하고 있는 벽화가 있다. 아름답게 우거진 숲 속에 여인들이 노니는 장면은 진초록과 연두색의 배경에 분홍색이 많이 들어간 여인들로 더할 수 없이 평화스러운 느낌을 주는 그림이다.

대한적십자사 창립 80주년을 기념하여 제작된 〈낙원의 봄〉.

김흥수 화백의 작품이다.

1985년 대한적십자사는 창립 80주년을 기념하는 벽화를 만들기로 하고 여러 사람들로부터 의견을 구했다. 당시 대형 벽화를 그릴 수 있는 사람은 김흥수 화백이라는 의견이 지배적이어서 조철화 사무총장은 김려생 기획관리실장과 함께 김흥수 화백을 방문했다.

두 사람은 본사 현관에 걸 벽화의 제작 의도를 설명했다. 크기가 300호 이상은 되어야 할 것이라는 데까지는 이야기가 잘 나갔으나 돈 문제에서 이야기는 더 진전될 수가 없었다. 김흥수 화백 자신은 얼마라고 말할 수 없다는 것이었다. 그래서 본사 예산이 1,000만 원밖에 잡혀 있지 않다고 말하니 그것으로는 재료값도 안 된다는 것이었다.

사무총장은 이 그림이 적십자사에 영원히 기념으로 남을 것이라는 점을 강조하고, 적십자사에 봉사하는 뜻에서 해주시면 안 되겠느냐며 온갖 좋은 말을 동원하여 간청했으나 그의 답은 단호했다. 봉사도 재료값은 주고 해달라고 해야 하지 않느냐는 것이었다.

예술작품을 놓고 흥정한다는 것은 있을 수 없는 일이나 그렇다고 그냥 물러설 수는 없는 것이기 때문에 그 후에도 사무총장은 여러 차례 방문하여 설득한 끝에 재료값 2,000만 원만 주기로 합의했다.

예산이 1,000만 원밖에 없으니 나머지 1,000만 원을 만드는 일이 문제였다. 각 지사에 협조를 요청했으나 생각처럼 쉽지 않았으며, 본사 직원들이 조금씩 걷은 것도 턱없이 부족한 금액이었다. 우여곡절 끝에 결국 예비비로 충당할 수밖에 없었다.

본사 본관 건물 옆에는 구관이 자리잡고 있다. 일본 적십자사 조선지부 시절 지어진 이 구관 2층 강당에 작업실이 차려졌다. 그림 크기를 300호 이상이라고만 했으나 화가는 그보다 훨씬 큰 700호를 구상하고 있었으며, 그렇게 큰 그림을 그릴 수 있는 곳은 강당밖에 없었던 것이다.

적십자사는 작품 내용을 완전히 일임했으나, 전쟁터에서 부상자의 고통을 덜어주기 위해서 시작된 적십자운동이므로 전쟁의 고통을 예방한다는 뜻에서 평화의 의미가 어느 형태로든지 나타났으면 좋겠다는 뜻을 알렸다.

당대의 최고의 화가, 김흥수 화백은 낡은 건물 2층 강당에서 석유난로에 의지하고 작업에 들어갔다. 거의 1년 가까이 그곳에 머물면서 그는 작업에 매달렸다. 그 당시 그 곁에서 헌신적으로 뒷바라지를 했던 여인이 있었다. 그는 김홍수 화백이 초빙 강사로 나갔던 상명여대 학생으로 나중에 김 화백과 결혼하여 장안에 화제를 뿌렸다.

마침내 그림이 완성되어 창립 80주년 기념행사에 초청받은 국제적십자사연맹의 한스 허그(Mr. Hans Høegh) 사무총장 등이 참석한 가운데 제막식을 가졌다.

누드화의 대가인 김홍수 화백의 대형 누드화가 나올 뻔했으나 작품이 거의 완성될 무렵 그를 방문한 친구의 건의를 받아들여 중요한 부분들을 가린 작품이 나오게 되었다.

김홍수 화백도 이 작품에 특별한 애정을 갖고 있어 그의 전시회 때마다 특별 출연(?)을 하기 위해 전시장으로 나들이한다. 700호나 되는 이 그림. 아무도 그 값을 매길 수 없다는 이 그림의 가치와 얼마나 힘들게 이 세상에 나왔다는 것을 적십자 직원들 중 몇 명이나 알고 있는지 모르겠다.

유재준 교수가 작곡한 〈적십자 칸타타〉와 함께 김홍수 화백의 〈낙원의 봄〉은 적십자가 자랑스럽게 간직할 문화적 유산으로 길이 보존되어야 할 것이다.

식은 땀 흘린 통역

적십자사에서 일하면서 외국 손님들의 통역을 할 기회가 자주 있었다. 통역하면서 즐거운 때도 있었지만 식은 땀 흘린 적이 한두 번이 아니다.

1983년 한국 청소년적십자 30주년 기념 리셉션장에서 일이다. 당시 한국을 방문중이던 연맹의 엔리께 델 라 마따(Mr. Enrique de la Mata) 총재가 주빈으로 참석했다.

리셉션은 대성황이었다. 한쪽 벽면을 가득 채운 청소년적십자 30주년 로고가 조명을 받아 더욱 아름답게 빛나고 있었다.

롯데호텔 그랜드볼룸을 가득 채운 손님들과 즐겁게 환담하던 연맹 총재가 느닷없이 한 말씀하시겠다고 앞으로 나섰다. 인사말은 일체 없기로 했는데 갑자기 하게 되는 바람에 아무 준비 없이 앞에 통역으로 불려 나왔다. 연맹 총재는 상기된 음성으로 연설을 시작했다.

흥분한 상태였는지 끊어야 할 곳에서 끊지 않고 연설은 계속되는데 연필도 종이도 없는 상태에서 그 긴 연설을 다 기억하는 것은 불가능한 일이었다. 좋은 목소리에 유창한 영어로 국제회의장에서의 연설이 돋보인 유창순 총재님뿐 아니라, 모여선 손님들 가운데서 미국에서 박사학위를 하신 이영덕 박사, 이인호 박사, 주미 특파원 생활을 한 봉두완 씨 등이 보이자 등에서 식은 땀이 흐르는 것이었다.

끝나고 나서 연맹 총재가 무슨 이야기를 했는지 머릿속에 남는 것이 없으니 지금도 그때 생각을 하면 총재 연설보다 식은 땀 흘린 기억만 난다.

한번은 수요봉사에 참가한 주한 외교사절 부인들과 장·차관 부인들을 적십자 강당에서 봉사가 끝난 후 남산 어린이회관에 초청한 적이 있었다.

당시 서영훈 사무총장이 어린이회관 강당에서 갑자기 연설을 하게 되자 통역할 사람 호출이다. 모두들 점심 먹으러 갔는지 내가 불려갔다. 앞의 연맹 총재와 마찬가지로 사무총장의 유창한 연설이 이어지고 있었으며, 점심시간에 영문도 모르고 불려온 나는 여전히 준비도 없이 빈손으로 무대에 서서 진땀을 흘렸다.

끝나고 나니 총장님이 무슨 말씀을 하셨는지, 내가 뭐라고 통역을 했는지 아무것도 생각이 나지 않고 열심히 강당에서 봉사하고 남산 어린이회관까지 올라온 그 많은 귀부인들에게 죄송할 뿐이다.

제5공화국 시절, 네팔 적십자사 총재가 방한했을 때 일이다. 네팔 국왕의 누이이기도 한 공주님을 정부가 초청했던 것이다. 적십자 총재이니 보건사회부 장관 초청 만찬을 대한적십자사더러 내라는 것이었다.

그 당시 보건사회부 장관과 네팔 적십자사 총재 외에 고 이범석 대사 부인과 네팔 총재를 안내하던 직원, 그리고 통역으로 내가 참석했다. 식사시 환영사는 보통 짧고 내용도 별 차이가 없어서 가벼운 마음으로 만찬에 참석하였던 나는 장관의 만찬사가 시작되자 당황하지 않을 수 없었다.

수천 명이 모인 학교 운동장이나 강당 연설인 줄 아셨는지. 우렁찬 목소리로 "제5공화국은…" 하며 연설을 하시는 것이 아닌가.

주빈인 네팔 공주를 포함, 다섯 명이 오붓하게 둘러앉은 원형 테이블 위로 울려 퍼지던 보건사회부 장관의 제5공화국 예찬론은 참으로 특이한 만찬사였다.

슬리퍼가 웬수

1993년 여름 덕유산 야영장에서 한국 청소년적십자 창립 40주년을 기념하는 캠프가 열렸다.

10년 전의 제주도 캠프에 비교하면 섬까지 수송하는 문제가 없었으니 쉬웠다고 하겠으나 1,200명과 1만 명은 비교가 되지 않았다. 개회식장에 1만 명이 8열로 줄지어 입장하는 데만 해도 한 시간이 걸렸다. 게다가 개영식이 끝나면서 밤새도록 퍼부은 빗줄기로 낙담하기도 했다. 그러나 비가 그치자 모든 것은 예정대로 진행되었다.

사전 준비 교육 때부터 계속 강조한 것은 야영장 내에서는 슬리퍼를 신지 말고 꼭 운동화를 신으라는 것이었으나 아이들은 죽어라 말을 안 들었다. 비로 흙도 풀도 낙엽도 미끄럽기 때문이라고 아무리 말려도 소용이 없어 내 눈에는 슬리퍼 신은 아이들의 발만 보이는 것이었다.

걱정은 걱정에서 끝나지 않았다. 아이들이 사방에서 미끄러지면서 서울 적십자병원에서 따라간 외과 의사는 쉴 틈이 없었다. 임시

진료소로 쓰기 위해 혈액원에서 빌린 헌혈 버스에는 외과 환자로 늘 붐볐다. 맨 먼저 떨어진 것이 꿰매는 실이었다. 여자아이들의 긴 머리카락 몇 가닥으로 해도 된다지만 거창 적십자병원으로부터 실 지원을 받았다.

진료소의 마지막 손님은 끝나는 날이라고 너무 술을 마셔서 실신하여 업혀온 여고생이었다.

1만 명이 야영하고 떠나자 마을 주민들이 리어카를 끌고 올라왔다. 나는 어리둥절했으나 곧 이해가 되었다. 아이들은 떠나면서 더러워진 티셔츠나 운동화뿐 아니라 양말이나 수저 등도 버리고 갔으며, 마을 주민들이 무엇보다도 노리는 것은 사방에 두고 간 쌀자루였다.

적십자는 처음 이곳 덕유산에서 야영을 했지만, 해마다 이곳에서 청소년들의 야영이 끝나고 나면 보통 한 가마니 이상씩 쌀을 걷어간다는 게 주민들의 말이다. 요새 아이들이 물자 귀한 것 모른다는 것을 확인하는 순간이었다.

수재민이냐, 아프리카 난민이냐

벌써 몇 년째 경기지사 직원들과 봉사원들은 여름마다 홍역을 치르고 있다. 한 해는 경기 북부지역 홍수로, 그 다음 해는 남부지역 홍수로 모두 구호활동에 매달릴 수밖에 없었다.

재해가 나면 지사는 이재민들이 수용되어 있는 곳, 주로 학교에 급식차를 갖고 가서 식사를 준비한다. 이 급식차는 적십자사가 특별히 주문해서 제작한 차로 차가 다니는 곳이면 전국 어느 곳에서나 밥과 국, 물을 끓일 수 있도록 되어 있다.

경기지사 직원들과 봉사원들은 밥과 국이 다 될 때까지 비에 젖은 수재민들이 추울 것을 염려하여 우선 라면을 끓여서 주고, 추위와 허기를 가라앉힌 다음 밥과 국을 끓이려고 생각했다.

그래서 열심히 라면을 끓이고 있는데 수재민 한 명이 가까이 다가와서 들여다보더니, "으응, 라면이야." 하면서 영 시답지 않은 표정으로 돌아서더란 것이다.

이것을 본 직원이 그 사람을 보고 있자니 한옆으로 가서 휴대용

가스 레인지를 켜서 고기를 구워먹더라는 것이다.

몇 년 전에만 해도 대부분의 이재민들은 라면도 빵도 도시락도 고마워했다. 그러나 요즈음은 많이 달라졌다. 라면과 빵은 간식이고, 도시락은 밥이 식어서 싫고, 밥을 해도 국이 있어야 한다고 주장하는 사람들이 많다는 것이다.

이런 이재민들 앞에 적십자사가 내놓는 담요와 양은 그릇, 냄비 등은 초라하기 짝이 없다. 적십자사가 입던 옷을 모아도 우리 나라 이재민들 중에는 달가워하지 않는 사람들이 많다. 신장에 가득 찬 아이들 신발도 외국에 보내면 옷이 없어서, 신이 없어서 밖에 나다니지 못하는 아이들이 그 옷을 입고, 그 신을 신고 학교에 간다.

그래도 적십자사가 외국의 불쌍한 사람들을 지원하려고 하면 열내고 전화하는 사람들이 많다. 우리 나라도 가난한 사람 많은데 뭐다른 나라를 돕느냐는 것이다. 적어도 우리 나라에는 굶어죽는 사람은 없지 않느냐고 대답해도 펄펄 뛰는 기세는 수그러들 줄 모른다. 그것은 예전이나 지금이나 달라지지 않았다.

1984년 아프리카가 한창 가뭄으로 시달릴 때 우리는 청소년적십자 단원들을 중심으로 아프리카 가뭄 이재민 돕기 쌀 한 줌 모으기 운동을 벌인 적이 있다. 쌀 한 줌은 라면 봉지로 반 봉지가 채 안 되는 양이다. 청소년적십자는 어려운 학생들에게 장학금을 주기 위한 쌀 한 줌 모으기 운동을 오랫동안 해왔기 때문에 이런 일이 전혀 생소하지 않았다.

우리는 적십자 결단교가 1,800학교이니 초등학교와 대학은 빼고 중고등학교 중에 1,000개 학교만 참가해서 모아도 쌀 1,000가마는 모을 수 있지 않을까 생각했고, 이렇게 여러 가지 쌀이 섞인 것은 한

가마에 5만 원씩 계산해준다니 5,000만 원은 모을 수 있겠다고 생각했다.

12월 겨울방학이 시작되기 전에 다 끝내기 위하여 우리는 국제적십자사연맹에 아프리카의 가뭄 실태를 보여주는 사진을 요청하였다. 많은 사진을 각 언론사에 배부하기 위하여 여러 장씩 만들었다. 총재는 기자들을 초청한 자리에서 아프리카의 실정을 소개하며 협조를 구했다.

기자들의 공통적인 질문은 아프리카 국가들의 부패문제였다. 이렇게 모아서 보낸 구호물자가 과연 이재민들의 손에 정확하게 들어갈 것인지를 가장 걱정했다. 그러나 그 문제는 재해가 심한 지역에는 국제적십자사연맹 대표단이 상주하며 구호활동을 직접 지휘한다는 설명으로 이해를 시켰다.

마음대로 가져가라고 한쪽에 늘어놓은 사진에서 기자들은 그래도 괜찮은 사진들을 골랐다. 뼈만 앙상한 아이들은 일어나 앉아 있을 기운도 없어 누워서 죽기만 기다리고 있었으며, 새까맣게 달라붙은 파리를 쫓을 기운도 없어 파리떼가 얼굴에 몸에 가득 앉아 있어도 속수무책으로 누워 있는 그런 사진들을 기자들은 독자나 시청자들의 혐오감을 일으킨다는 이유로 한쪽으로 밀어놓고 있었다.

결과는 예상 밖이었다. 5,000만 원 목표가 6억 원을 초과했다. 학생들에게서 돈을 걷었으면 그렇게 많이 안 나왔을지 모른다. 왜냐하면 돈은 제 주머니에서 나와야 하지만 쌀이야 어디 그런가. 쌀은 엄마 쌀이니 별로 아까울 것이 없다. 아이들은 쌀을 한 줌이 아니라 한 되도 넘게 갖고 왔으며, 각 학교와 지사는 즐거운 비명을 지를 수밖에.

우리는 연맹의 권유로 수단과 에티오피아, 니제르, 모리타니아 등

4개국에 담요와 분유를 지원할 수 있었다. 사람들은 열대지방인 아프리카에 웬 담요냐고 하지만, 우리처럼 이불의 보조 정도가 아니라 그들에게는 식구끼리 둘러쓰면 옷이 되고, 모래밭에 깔면 방이 되고, 사막에서 막대기 위에 걸치면 집이 된다.

한국 청소년적십자 단원들이 63만 달러나 모금했다는 것은 곧 연맹에 큰 화제를 불러 일으켰으며, 연맹 사무총장 명의의 감사 편지에 이어 연맹 청소년부 차장이 직접 감사 인사차 한국을 방문하기도 했다.

우리는 이 모금에 힘입어 그 이듬해 세계적십자의 날인 5월 8일을 기해 2차 모금운동을 벌였다. 일반을 상대로 한 모금운동이었다. 국민들의 반응은 여전했다. 우리 나라에도 가난한 사람이 많은데 아프리카 사람을 도울 수 있느냐고 욕하는 전화도 끊이지 않았으나 적십자의 모금함에는 어린이에서 노인들에 이르기까지 소시민들의 동전과 1,000원짜리가 끊이지 않고 쌓여갔다.

확실히 말할 수 있지만 마치 우리 나라 가난한 사람들의 대변인인 양 전화로 욕설을 퍼붓는 그들이 남을 위해서 자기 돈과 물질, 시간을 내놓을 사람들은 아닐 것이다. 그냥 시비하는 데 관심이 있는 사람들일 것이다.

보통사람들의 한 푼 두 푼은 8억 원이 되어 그 해 9월 또 한 번 아프리카를 원조할 수 있었다. 이번에는 수단과 세네갈, 소말리아, 말리를 지원했다.

원조도 구호도 부자들의 힘으로 하는 경우는 별로 없다. 그냥 마음씨 따뜻한 보통사람들의 나눔으로 이루어짐을 본다.

다른 사람들은 몰라도 국적과 인종을 초월하여 가장 긴급한 재난부터 도와야 하는 적십자의 경우 먹을 것이 마련될 수 있는 수재민보다 매일 굶어죽는 사람이 속출하는 아프리카나 동남아시아, 북한 사람들을 지원하는 것은 너무나 당연한 일이라고 생각한다.

아침이 준비되었습니다

크고 작은 국제 행사에 참가했던 사람들은 민박의 경험이 있을 것이다. 대학을 졸업한 그 이듬해 미 국무성 주최 국제 프로그램에 참가하면서 민박 경험을 처음 했다. 거의 6개월을 머무는 동안 호텔에 있었던 며칠과 걸스카우트 캠프장에서 일한 두 달을 제외하고는 여러 지방, 여러 가정에 짧게는 사흘, 길게는 두 주일씩 묵었다. 두 주일씩 묵을 때는 늘 헤어지는 것이 힘들었다.

그 후 일본에서도 이틀 동안 지방 학교 교장 선생님 댁에 묵은 적이 있다. 응접실 소파에 앉아 있는 나에게 그 집 며느리가 처음 뵙겠다면서 바닥에 엎드려 절을 하는 바람에 순간 당황했던 기억이 남아 있다. 민박할 때 말이 전혀 안 통하는 것은 괴로운 일이다. 그 교장 선생님과의 의사소통에는 나의 변변치 않은 한자 실력과 필기도구가 동원되었다.,

오스트리아 청소년적십자가 주최한 캠프에 참가했을 때도 말이 통하지 않아 힘들었다. 그 캠프의 영어 통역 집에 묵었을 때는 영어로 해서 어려움이 없었으나, 사무총장 집에 묵었을 때는 영어를 할 줄 아는 사무총장이 집에 없는 낮에는 그 부인이 영어를 전혀 모르기 때문에 그 짧은 독일어로 힘들여 이야기를 나누었다. 서양 여자들은 다 그렇게 이야기하기를 좋아하는가.

우리 나라에서도 청소년적십자 국제 캠프를 할 때면 민박을 주선한다. 한번은 서울지사에 의뢰하여 민박을 제공할 사람들의 명단을 받았다. 담당자가 잘사는 사람들을 소개해야겠다고 생각했을까. 부녀봉사 특별자문위원들로서 대부분이 압구정동 현대아파트에 살고 있었으며, 고등학생 손님들을 상대할 만한 식구가 없었다. 곤란했지만 이제 새로 물색할 시간적 여유가 없었다.

아니나 다를까. 이들은 외국 학생들을 데려가 저녁 먹이고 자라고 방에 들여놓은 후 본사로 전화를 하기 시작했다. 먹이고 재우는 것은 하겠지만, 다음 날 서울 관광 등은 시킬 수 없으니 적십자사가 한꺼번에 데리고 다니라는 것이다. 어디 자는 것, 먹는 것은 문제가 아니었겠는가. 사람이 만나서 밥 먹고, 차 마시고 할 때 대화가 있어야 하지 않겠는가. 할 수 없이 적십자사가 다시 모아서 데리고 다닐 수밖에 없었다. 나중에 아이들이 각자 한국 가정에서 경험을 서로 나누게 하려는 본래의 계획은 결국 수포로 돌아갔다. 아이들은 나중에 만나서,

"어머, 너도 아파트에 있었니?"
"응, 나도 아파트에 있었어."
"어느 동네였는데?"

"압구정동."

"어머, 어머, 나도 압구정동에 있었어."

"그 집에 들어가니 응접실에 소파가 있고, 텔레비전이 있고……."

"어머, 어머, 내가 묵었던 집도 그랬어."

"얘, 한국 사람들은(아니면, 대한적십자사 관계자들은) 다 압구정동에 모여 사나봐, 압구정동 현대 아파트에……."

끝나고 돌아갈 때 아마 이런 대화가 오고갔을 것이다.

국제 캠프 진행자로서 민박을 제공할 만큼 마음의 여유가 없는 것은 사실이지만 태국의 지도자로 온 콤캄(Khomkham)은 나의 오랜 친구로서 단 이틀이라도 같이 있고 싶어서 여고생 단원과 우리 집에 묵게 했다.

당시 초등학교에 다녔던 아이에게는 아주 굉장한 경험이었을 것이다. 아침상을 차려놓고 아이에게 "아침이 준비되었습니다"를 영어로 여러 번 연습을 시킨 다음 그 방에 가서 말하라고 그랬더니, 제대로 했는지 그 두 사람이 아침을 먹으러 나왔다.

나중에 그 태국 여고생의 한국 방문기를 읽어보니 바로 그 장면이 있었다. 아침에 방문 밖에서 무슨 소리가 나서 귀를 기울이니 꼬마가 "아침이 준비되었습니다"를 반복해서 연습하고 있더라는 것이다.

내 친구 콤캄은 깍두기를 무척 좋아했다. 깍두기 만드는 것을 꼭 배워가겠다고 하여 셋이서 장에 가서 무와 양념거리를 사다가 함께 담갔다. 담근 깍두기를 가져갈 수 없었기 때문에 만드는 법을 자세히 적고, 고춧가루만 넉넉하게 사 가지고 갔다. 그의 말에 의하면 한국 고춧가루는 이상하게 맛있다는 것이다.

그만 우리 집에 묵는 것이 아니라 내가 태국에 갈 때도 그의 집에 묵는다. 특히 미얀마에 갈 때면, 돌아오는 길에 하룻밤을 방콕에서 자게 되는데 호텔을 예약하면 막 화를 내고 자기 집으로 끌고 간다. 겨울에 미얀마에 갈 때면 그의 집에 코트를 비롯한 겨울 옷을 다 두고 여름 옷만 입고 갔다가 돌아올 때 그 집에 들러서 다시 갈아입고 온다.

내가 망고를 좋아한다고 망고 철이 아닐 때도 어디선가 구해놓고 나를 기다리는 친구, 한번은 미얀마에서 너무 힘들어서 그 집에 도착하여 샤워하고 정신없이 자고 일어나니 내가 입었던 옷을 다 빨아서 다리고 있는 것이 아닌가. 그 친구 집에 가면 둘이서 잠옷바람으로 바닥에 다리 뻗고 앉아서 각자 삼각형, 사각형, 동그라미 모양의 통통한 방석을 끌어안고 밀린 이야기를 끝없이 하다가 배고프면 밥 먹고 졸리면 잔다. 내 집 같이 편하다.

방콕 하면 서울보다 더 심한 교통체증과 더위보다 그 친구 생각이 나면서 기분이 좋아진다.

총리보다 인기 많은 댄스 그룹 노이즈

1993년 5월 8일 한국 청소년적십자 창립 40주년을 기념하는 전국 단원 합동입단 선서식이 잠실 실내체육관에서 있었다. 제주도를 포함한 전국 13개 시·도 지사 단원 대표들이 전세 버스편으로 속속 도착하고 있었다. 그 전날 내린 비로 날씨는 쾌청했고 행사장 주변은 깨끗했다. 체육관 1층에는 250명의 기수가, 관람석 아래층은 각 지사 대표단들이, 2층 전체는 서울 대표들에게 배당되었다.

행사 1부는 기념식이, 2부는 축하공연, 3부는 노이즈를 비롯한 인기 그룹과 가수들이 출연하게 되어 있었다.

황인성 총리가 입장하면서 식은 시작되었다. 오랫동안 준비한 대로 순조롭게 진행되던 식이 총리 축사하는 시간에 엉뚱한 데서 문제가 터지고 말았다. 3부에 나오기로 한 인기 그룹 '노이즈'가 식장 뒤로 들어온 것이다. 순간 그 자리에 참석한 1만 5,000명의 아이들은 단상에서 총리의 축사가 계속되고 있는데도 아랑곳없이 일제히 함성을 지르기 시작했다. 강영훈 총재님은 말할 것도 없고 사회를 맡은 서울지사 지도교사 방재우 선생님도 당황했다. 아이들의 함성은 진행자가 말려서가 아니라 문제의 '노이즈'가 얼른 퇴장하면서 잦아들었지만 금방 조용해진 것은 아니었다.

어수선한 가운데 마침내 식이 끝났다. 황인성 총리의 표정은 내가 읽을 수 없지만 강영훈 총재의 표정은 곧 불호령이 떨어질 기세다.

다음 날 아침 나는 총재실에 자진 출두했다. '노이즈'의 등장으로 총리의 축사가 엉망이 된 것뿐 아니라 전체적으로 아이들이 시끄러웠던 것에 대해 청소년부장인 내가 대표로 단단히 꾸중을 들었다. 군 부대를 방문하면 갑자기 걸음걸이와 자세가 달라지시는 장군 출신의 총재님, 사관학교 교정에서 보던 사관생도들을 떠올리며 얼마나 한심해하셨을까 하고 생각하며, 고개 푹 숙이고 한마디도 대꾸하지 못했다.

요즈음 아이들이 유명 인기가수들이 나오는 공개방송 현장에 들어가기 위해서 몰려들 때면 주변의 교통이 완전히 마비될 지경이고, 그들이 열광하는 것은 아무도 못 말린다는 것을 총재님은 잘 모르실 것이다.

강동경찰서 담당자의 말은 더욱 실감난다.

"여학생이요? 얌전하다구요? 근로자나 한총련 시위대보다 더 무서워요. 어찌 된 일인지 이 여학생들이 '와아' 하고 몰릴 때는 괴력을 발휘한다구요. 어디에 그런 힘을 감춰두고 있었는지, 우리가 못 당한다구요."

비틀즈와 클리프 리처드

1969년 10월 영국의 가수 클리프 리처드의 서울 공연은 많은 화제를 낳았다. 미국이나 유럽에서나 볼 수 있는 10대들의 열광이 한국에서도 그 열기를 발산하기 시작했던 것이다. 연일 언론에서 이 문제를 다루었으며, 심각한 우려를 표하는 인사들이 다수였다.

나는 적십자사에서 청소년 사업을 하는 사람으로서 어떤 결론을 내리기에 앞서 현장에 가봐야 한다는 대의명분을 내세웠지만 내심 공연 내용도 궁금하여 친구하고 표를 예매해서 시민회관(세종문화회관의 전신)에 갔다.

아이들은 시작도 하기 전에 흥분해 있었으며, 팬 클럽이 벌써 여러 개 조직되어 있었다. 어른들은 주로 2층에 자리잡고 앉아 있었다. 공연이 시작되자 아이들의 함성으로 노래는 전혀 들리지 않고 까만 비단 신을 신고 나비처럼 나풀나풀 춤추는 가수의 모습만 볼 수 있었다. 점잖게 앉아 있는 어른들 틈에서는 도저히 성에 안 차는지 2층에 있던 청소년들이 우르르 아래층으로 내려갔다. 나중에 녹화방송을 통해 당일에 못 들은 가수의 노래를 들을 수 있었을 뿐 아니라 1층에 있던 아이들의 광란(?)의 모습을 볼 수 있었다.

그 장면을 보면서, 1964년 미국에 있을 때 영국의 가수 그룹 '비틀즈'에 미국의 젊은이들이 열광하는 모습을 보면서 '미국이니까' 하고 생각했던 것은 나의 잘못된 판단이었구나 싶었다. 미국에서는 참으로 대단했다. '비틀즈' 주간지나 월간지, 단행본이 서점을 채웠고, 많은 청소년들이 비틀즈 사진으로 자기 방을 도배했다. 심지어 걸스카우트 캠프장에서 함께 지도자로 일하던 한 여대생은 완전히 존 레논의 외모와 표정을 그대로 재현하고 돌아다녔다.

미국 L. A.공항에 도착했으나 정상적인 승객 통로로 나올 수 없어 뒤쪽 잔디밭 위로 도망가듯 뛰어가는 비틀즈의 뒷모습을 사진으로나마 본 적이 있다. 그 옆에는 비틀즈가 밟고 지나갔다는 잔디밭에 꿇어앉아 하염없이 울고 있는 청소년들의 사진과 "비틀즈가 밟은 잔디라도." 하며 마치 아프리카의 메뚜기떼처럼 잔디를 떠가버려 잔디밭이 완전히 절단난 사진이 실려 있었다. 다방의 LP판으로 널 세다카나 폴 앵커, 팻 분의 노래를 듣는 것에 만족하던 한국에서 온 사람으로서는 이해할 수 없는 먼 나라의 사건이었다. 그런데 불과 5년 후 한국에서 비슷한 장면을 보게 된 것이다.

요즈음 인기 연예인에 대한 한국 청소년들의 열광은 가히 국제적이라 할 만하다.

전에 살던 아파트 바로 위층에 TV 탤런트가 한 명 살고 있었다. 복도식으로 된 이 아파트에 아이들이 하도 창에 매달려 들여다보려 하는 바람에 그 집은 창을 아예 가려버렸다. 중학생이나 초등학교 고학년으로밖에 보이지 않는 아이들은 그 근처 슈퍼마켓에서 마실 것

과 먹을 것을 사 들고 아파트 잔디밭에 앉아 언제 돌아올지도 모르
는 그 탤런트를 혹시나 볼 수 있을까 하고 그 집을 온종일 올려다보
고 있다. 집에서는 자기 딸이 독서실에 가 있는 줄 알겠지.

　주소를 잘못 써서 더러 우리 집으로 배달되는 엽서를 보면 더 재
미있다. 한글도 영 서툰 것이 초등학교 아이인 듯싶은데 'ㅇㅇ오빠'
로 시작되는 글은 그 사연이 간절하기 짝이 없다.

　방송국 공개홀 근처는 늘 붐빈다. 이제 아이들은 공개홀 앞에서만
기다리지 않는다. 서태지가 출연하는 것을 보기 위하여 전세 비행기
로 아주 당당하게 일본에 간다.

　청소년들이 연예인에게 열광하는 것은 예전이나 지금이나 다를
바가 없을지도 모른다는 생각을 새삼 하게 된다.

이걸 참아? 말아?

일본 사람들 하면 우선 친절하고 상냥하며, 깨끗하다는 인상을 갖지만 나는 일본 사람들의 심술이나 무례함을 경험한 적이 몇 번 있었다. 한 번은 멕시코에서, 한 번은 캐나다에서 경험했다.

멕시코의 경우는 올림픽 기간 중 열린 세계 청소년 캠프에서였다. 매일 아침 열리는 지도자회의에서는 여러 가지 전달사항, 협의사항이 다뤄지기도 하지만 그곳 소극장에서 자기 나라 소개 프로그램을 할 경우 그에 대한 광고를 하면서 각국 대표들의 참여를 권하기도 한다. 우리 청소년 대표단은 일곱 명밖에 안 되었지만 의욕적으로 준비해 온 민속춤을 중심으로 어느 날 저녁 '한국의 밤'을 개최하기로 하고, 당일 아침 지도자회의에서 광고까지 끝냈다.

광고를 분명히 들었을 일본 대표단은 그날 저녁 우리 대표단이 잔치를 벌이려 하는 소극장 로비에 자리를 잡고 우리 공연을 구경하러 온 사람들을 상대로 종이접기 강습을 벌이고 있는 것이 아닌가. 물론 구경하러 왔던 사람들 중 상당수가 일본 사람들에게 붙들려서 종이접기를 했지만 우리 공연은 예정대로 진행했다. 왜 하필이면 우리가 하는 날, 바로 우리가 공연할 장소 입구에서 판을 벌이는가. '심술' 이라는 말로밖에 설명이 안 된다.

캐나다에서 만년설을 구경갈 때였다. 스웨덴에서 제작된 특수 타이어가 부착된 특별 버스를 타고 만년설로 덮인 산으로 올라가는 버스 안에는 일본 사람들 한 그룹과 한국 사람들 한 그룹이 탔다. 물론 안내하는 사람도 각각일 수밖에. 우리는 양보하는 뜻에서 일본 안내원더러 먼저 하라고 그랬다. 일본말로 설명하는 동안 우리는 조용히 앉아서 창 밖의 경치를 내다보고 있었다.

일본말 설명이 끝나고 한국 안내원 차례가 되었다. 설명을 시작하자 갑자기 일본 사람들이 일제히 큰 소리로 떠들어대기 시작하는 것이 아닌가. 얼마큼 크게 떠드는지 설명이 안 들릴 지경이었다. 그 일본 관광객들이 젊은이들이었다면 그럴 수도 있겠다 싶었지만 이들은 50대 후반 또는 60대 초반의 나이 든 사람들로 일본 사람 특유의 염치와 남에게 폐 안 끼치는 것이 몸에 배어 있는 사람들이라고 보았기 때문에 놀라지 않을 수 없었다. '심술' 이라는 말 외에는 설명할 길이 없는 순간이었다.

"이걸 참아? 말아?"

잠시 갈등이 있었으나 더 참을 수 없어서 손들고 일어나 시끄러워서 알아들을 수가 없다고 말했다. 일순간 버스 안이 조용해졌다. 버스 안이 조용한 가운데 나머지 설명을 다 들을 수 있었으며, 만년설에 도착하여 구경하는 데 아무런 어려움이 없었다.

우리가 일반적으로 알고 있는 예의 바른 일본인들에게 이런 면이 감추어져 있었다는 것이 흥미 있었다.

산삼과 뱀술

국제적십자위원회(ICRC) 대표가 북한을 방문하고 나서 서울에 들렀다. 그 대표는 북한에서 받은 선물이라며 포장지에 싼 꾸러미를 내어놓고 자기는 필요 없으니 나더러 가지라는 것이었다. 펴보니 인삼 한 뿌리였다. 은수저 상자처럼 생긴 기름한 종이상자에 잘 펴서 담은 인삼은 잔 뿌리가 많은데다가 정말이지 볼품이 없었다.

이북은 땅이 척박해서 인삼도 이리 볼품이 없는가 하고 생각한 나는 나중에 시누이한테 주었다. 시누이는 "어머 올케, 이렇게 귀한 산삼을." 하며 감격했다. 인삼이 아니고 산삼이었단 말인가. 하긴 평생 산삼을 구경한 적이 없으니 인삼과 산삼을 구분 못할밖에.

북한에서 뱀술을 선물 받은 ICRC 대표도 있다. 혼자 살고 있는 이 남자는 파출부가 집안일 거들러 올 때마다 이 뱀술 병을 눈에 안 띄게 하기 위해서 온 신경이 곤두선다는 것이었다.

스위스에 여행해본 사람은 그 나라가 얼마나 깨끗한지 알 것이다. 그곳에 살고 있는 한국 외교관에게 어떻게 이렇게 깨끗한가를 물으니 한가한 노인들이 창 가까이 의자 놓고 앉아서 하루종일 밖을 내다보고 있다가 누가 휴지 한 장 버리는 것만 봐도 즉각 고발한다는 것이다.

어느 날 한국 사람이 저녁식사 후 뒷마당에 김치 항아리를 묻은 적이 있었다. 어두컴컴한 뒷마당에서 땅을 파고 뭣인가를 묻는 것을 본 이웃집 할머니가 신고하자 즉각 경찰이 들이닥쳤다는 것이다. 김치 항아리 묻다가 졸지에 범죄인 취급을 당한 그 한국인 얼마나 황당했겠는가.

나는 뱀술 병으로 고민하는 그 스위스인을 보면서 김치 항아리 묻다가 당한 한국인 생각을 하며 참 고민되겠다 싶었다.

문화의 차이는 작은 일이 아니로구나 하는 생각이 새삼스럽게 들었다.

팥쥐어멈의 외출

1970년 초부터 거의 10년 간 청소년부를 부장 포함하여 직원 세 명이 꾸려갔다. 부장 중 유일하게 별명 붙은 부장이 있었다. 조철화 부장. 부장님은 팥쥐어멈이 외출할 때 콩쥐한테 "밑빠진 독에 물 길어놓고, 방아찧고…" 하면서 잔뜩 일 시키듯 출장 갈 때면 서건치 씨와 나에게 일을 시키고 떠났다.

우리 둘 다 일을 빨리 하는 편이었다. 기가 막힌 것은 둘이 부지런히 하면 남지도 모자라지도 않고 끝낼 수 있도록 정확한 분량의 일을 주고 가는 점이다. 푸념할 시간도 없고, 또 수시로 전화하시니 자리도 못 비운다. 우리는 부장님을 자연스럽게(?) 팥쥐어멈이라고 부르게 되었다.

어느 더운 여름날 부장님 오시기 전에 일을 끝내려고 정신없이 일하다가 둘이서 약속이나 한 듯 펜 내던지고 명동으로 내려갔다. OB 캐빈이었던 것으로 기억한다. 둘이서 맥주 한 조끼 마실 때 그 시원함은 잘 냉장된 맥주의 시원함 말고도 작은 반란에서 온 시원함도 있었으리라고 본다.

"으아, 시원하다. 서건치 씨, 우리가 부장이 되면 말이야, 직원 놀리기, 맥주 사주기, 출장 가서 전화 안하기, 이것 지키자구."

시집살이 해본 사람이 며느리 시집살이 시킨다고 내가 부장이 되니까 나도 별수없이 출장 갈 때 일을 주고 가는 팥쥐어멈이 되어 있는 것을 어느 날 문득 깨달았다. 내가 없는 동안 할 일을 설명하다 보니까 어디서 많이 듣던 대사들이 나오는 게 아닌가. 바로 팥쥐어멈의 대사였다.

팥쥐어멈은 외출할 때만 일을 주고 갔지만 나는 갈 때만 일을 주는 것이 아니라 올 때도 일을 잔뜩 갖고 왔다. 그래서 그 착한 국제부 직원들은 내가 출장 갔다와서 "회의 합시다." 하면 누가 뭐라고 그러지 않아도 심각하다 못해 비장한 표정으로 필기도구 들고 모이고는 했다.

끝이 좋아야 좋은 법

1998년 12월 30일 퇴근 무렵, 나는 교육원 교수로 발령을 받았다. 일순간 머리가 어지러웠다. 집이 있는 일산에서 교육원이 있는 수원까지 왕복 거리 150킬로미터. 어떤 결정을 내리기에는 머리가 복잡했다. 우선 '책상 빼고' 나서 천천히 생각해봐도 늦지 않겠다 싶어서 짐을 정리했다.

등 떠밀리듯 내려온 교육원은 겨울이라 그런지 황량해 보였으며, 처음 한 주일은 마치 시간이 정지된 듯했다. 30년 가까이 있던 적십자와 이런 식으로 헤어져야 하는가 하는 생각에 마음의 안정을 찾기 힘들었다. 그러나 얼마 안 있어 연수계획과 준비에 착수하면서 시간이 점점 빨리 흘러가기 시작했다. 그간 정신없이 바쁘게 살면서 머릿속에 뒤죽박죽 들어가 있던 경험과 지식 등을 모두 꺼내어 정리하는 한편 1994년 제네바에서 받은 연수 교재 등 참고자료들을 뒤져가며 교재와 교안을 준비하는 데 매달렸다.

그러는 가운데 교육원에도 어김없이 봄이 오고 있었다. 나뭇잎들이 연한 연두색을 띠고 돋아나기 시작하고, 마당의 마른 잔디 틈으로 새싹이 올라오기 시작했다. 교육원 여기 저기에 피기 시작한 꽃들과 이름 모를 새들의 지저귐, 그리고 무엇보다도 교육원 식구들의 따뜻한 마음으로 나는 점차 마음의 안정을 찾아가기 시작했다. 특히 "처음에는 좀 답답하실 테지만 조금 지나면 좋아지실 겁니다"라는 홍기표 씨의 말은 오랫동안 가슴속에 남았다.

내가 맡은 적십자에 관한 공부는 다섯 과목에 총 15시간이 배당되었다. 장시간 '역사' '표장' '이념' '국제적십자' '국제인도법' 이라는 딱딱한 과목을 지루하지 않게 다뤄야 하는 것이 가장 큰 숙제였다.

강의보다는 토의와 사례연구 방법을 사용했다. 코소보 사태나 동티모르 사태는 국제인도법 위반 사례를 공부하는 데 좋았으며, 제임스 본드 영화를 본 다음 표장 남용사례에 대한 토의를 했다. 또한 영화〈콰이강의 다리〉역시 포로의 대우에 관한 사례를 공부하는 데 좋은 토의거리를 제공했으며, 〈쉰들러 리스트〉나 〈홀로코스트〉, 〈인생은 아름다워〉, 〈소피의 선택〉 같은 2차 대전에 관한 영화를 본 수강생들은 독일의 닥하우에 있는 나치 수용소와 폴란드의 아우슈비츠 수용소를 보고 온 나의 이야기가 더욱 실감나게 들렸을 것이다.

때로는 O · X 게임이 동원되기도 했다. 보충설명이 끝난 다음에는 국제적십자가 만든 비디오를 보여주었다. 특히 비틀즈 멤버로서 40세가 되던 1980년 뉴욕에 있는 그의 아파트 앞에서 괴한에게 피살된 존 레논이 부른 〈이메진(Imagine)〉을 배경음악으로 깔고 전쟁 희생자들에 대한 적십자의 활동을 보여주는 비디오는 그 노래와 얼마나 잘 어울리는지 볼 때마다 감동스럽다.

매번 다른 직원들을 대상으로 했기 때문에 나는 이 사람들과 한

번만이라는 생각에 최선을 다했다. 그래서 오전 세 시간 강의를 하고 나면(나는 매일 오전 세 시간씩 5일 간 강의를 했다) 오후에는 다른 일은 못할 지경이었다.

수강생들의 반응은 기대보다 훨씬 좋았다. 특히 적십자사에 오래 있던 사람들 다 내보내고 새로 뽑은 신세대들의 반응에 대한 확신이 서지 않았으나 그것도 쓸데없는 기우였음이 나중에 밝혀졌다.

이들의 반응은 훨씬 적극적이었다. 빨간색 편지지 넉 장 앞뒤로 빽빽하게 돌아가면서 채운 편지에 그들은 거리낌 없이 "사랑해요"를 연발했다. 두 팔로 안아야 할 만큼 커다란 꽃다발을 받고, 또 "좋은 선배님"이라는 찬사를 들으며 나의 마음은 열려가기 시작했다. 사실 본사에만 있었다면 이렇게 전국의 직원들과의 기분 좋은 만남은 이루어질 수 없었을 것이고, 나의 경험과 지식을 체계적으로 정리하여 후배들과 나눌 기회를 영영 갖지 못했을 것이다.

아름다운 자연환경 속에서, 내가 좋아하는 사람들과 계절이 바뀌는 것을 매일 실감하면서 조용하게 나의 직장생활을 마무리할 수 있었음은 큰 축복이었다고 생각한다.

나의 32년 간의 적십자 생활을 셰익스피어의 작품 제목 '끝이 좋아야 좋은 것(Everything is well that ends well)'이 한마디로 설명해 주고 있다.

백령도에서 감자로 생일 케이크를 만들던 주방장 송만영(위).
태국 적십자사 대표 콤캄은 나의 오랜 친구이다. – '아침이 준비되었습니다' 중에서(아래).

지휘자 정명훈과 돌잔치를 포기한 아기.

미얀마에서 ICRC 정형외과센터 방문을 끝내고.

It was a real
pleasure to travel
with you

캠프를 끝내고 오스트리아 친구들과
'비엔나 숲 속'에서.

본문 '사람 값이 다르다' 에서 스위스에어에서 파견한 간호사 파울리(Pauli), 얼마 후 결혼했다며 신랑과 찍은 사진을 보냈다.

식은 땀 흘리며 통역을 하게 했던 네팔 적십자사 총재를 위한 만찬.

2

세계속에서

세계 공통어를 하는 아이들

1968년 멕시코 올림픽은 역대 올림픽 중에서 세계아동 미술전시회, 세계문화재 전시회, 5대륙 발레, 올림픽 청소년 캠프 등 여러 가지 문화행사로도 유명했다.

한국올림픽위원회의 추천을 받아 청소년 캠프에 인솔자로 참가하게 되었다.

캠프가 열린 왁스테펙(Oaxtepec)은 휴양지로 유명한 곳으로, 전 세계에서 모인 1,000여 명의 청소년들은 올림픽 개회식·폐회식 참관과 나라별로 배당되는 게임 참관하는 것 외에는 각국이 알아서 프로그램을 만들든지 참가하든지 자유스러웠다. 한쪽에서는 바디 페인팅이 진행되는가 하면, 축구장에서는 나라별로 축구시합이, 수영장에서는 수영과 다이빙을 즐기는 사람이 모이고, 소극장에서는 다른 나라 대표들을 상대로 자기 문화 소개하는 데 바빴다.

넓은 광장에서는 밤마다 각국 대표들이 들고 온 음악을 틀어놓고 함께 노래하거나 춤을 추었다. 우리는 정훈희가 부르는 〈안개〉를 틀었다. 아름다운 멕시코 풍물과 그 노래는 묘한 분위기를 자아내었다.

사람들의 표정은 여유 있어 보였고, 화산석을 이용하여 세운 건물들은 아열대 식물과 꽃과 어울려 아름다웠으며, 하루에 한차례씩은 오는 소나기로 늘 깨끗했다. 건물과 건물을 연결하는 통로 양 옆에는 잎이 날카로운 용설란 종류가 가지런히 심어져 있었다. 그 식물의 이름을 물어보았더니 '마누라 혓바닥(Tongues of wives)'이라는 것이었다. 멕시코 마누라의 혓바닥은 그렇게 날카로운가.

스페인어 인사말 정도는 배워서 갔는데 영 교과서와는 달랐다. 아침에 마주치는 사람에게 "부에노스 띠아스(Buenos Dias)"라고 하라고 배워서 그대로 써보니 상대방은 못 알아들을 말로 대꾸하는 것이었다. "띠아스"라는 소리를 입안으로 우물거리며 해서 못 알아들은 것이다. '좋은 아침'의 '좋은'은 생략하고 누가 아침인지 모르나, '아침', '아침' 하게.

세계아동 미전은 세계 각국에서 초등학교 어린이 두 명씩 초청하여 사방 2미터 되는 화판에 자유롭게 그림을 그리도록 한 것이었다. 그림 잘 그리는 아이들 중 영어도 잘하는 아이들을 뽑기가 쉽지 않았을 터이고, 부모나 인솔자가 따라왔다는 소리도 못 들었기 때문에 이들이 어떻게 의사소통을 하는지 궁금했다. 어느 날 직접 가보기로 했다.

청소년 캠프가 열리고 있는 왁스테펙처럼 아름다운 곳에서 아이들은 그림을 그리기도 하고 장난도 치면서 즐겁게 지내고 있었다. 어느 나라 말을 하는가 가까이 가보았다. 놀랍게도 아이들은 각기 제나라 말로 이야기하고 있었으며, 전혀 의사소통에 어려움을 느끼지 않는 것 같았다.

그 후 적십자사에서 일하면서도 비슷한 경험을 했다. 전 세계 미군 주둔 지역에는 미국 적십자사가 지부를 두고 있으며, 한국도 예외가 아니다. 미8군 영내에 자리잡은 미국 적십자 지부는 연말이면 동대문 어린이집(지금은 종로 중구 적십자 봉사관으로 이름이 바뀌었다)을 찾아와 부모가 동대문시장에서 맞벌이하는 집 아이들을 여러 가지 프로그램으로 즐겁게 해주었다.

체격 좋은 미군 산타 할아버지는 그 좋은 목소리로 "메리 크리스마스, 호호호." 하며 어깨에 멘 자루에서 선물을 꺼내 나누어주고 있었다. 그러자 한 아이가 "할아버지, 할아버지, 내년에도 와요?" 하고 산타 할아버지에게 매달리며 물어보는 것이었다. 그 아이는 산타 할아버지가 한국말을 아는가 모르는가보다는 내년에도 만날 수 있는가 없는가가 관심사이며, 한국말을 모르는 산타 할아버지의 대답은 여전히 "메리 크리스마스, 호호호"였지만 아이들은 자기들 나름대로 이해하고 있었다.

어른들이 모이는 국제회의에서는 단어 하나 갖고도 몇 시간씩 격론을 벌이는데 아이들은 달랐다. 적십자사 청소년부에서 일하면서 '세계평화 요소로서의 청소년적십자'의 의미를 생각할 때마다 멕시코에서 본 어린이들과 동대문 어린이집의 아이들을 떠올렸다.

그 후에도 아이들을 인솔하고 외국에 갔을 때마다 비슷한 경험을 했다. 처음 만난 아이들도 반나절만 지나면 오랜 친구가 되는 것이었다. 유창한 영어는 필수조건이 아니었다. 또한 어렸을 때의 경험은 평생 간다고 하지 않는가.

초등학교 6년, 중고등학교 6년을 다녔어도 제일 기억에 남는 것은 초등학교 1학년이다. 그 때 담임 선생님 이름을 기억한다. 안교숙 선생님의 얼굴과 옷차림도 기억하며, 내가 1학년 7반이었다는 것과 하얀 타원형 이름표 끝에 반 구분을 위한 보라색 리본이 매달렸던 것도 기억한다.

초등학교 4학년 여름방학이 시작되는 날이었다. 선생님께서는 방학 동안에 착한 일을 한 가지씩 하라고 말씀하셨다. 노는 틈틈이 방학책 하기도 바쁜데 우리 몇 명은 모여서 '착한 일'을 찾기 위한 몇 차례의 토의 끝에 국군병원에 위문을 가기로 했다. 부산 피난시절 전방에서 실려오는 부상병들을 위문하는 것은 분명히 선생님께 칭찬 받을 일이라고 생각한 것이다.

우리 중 아무도 노래 잘하는 사람이 없는데 며칠 동안 모여서 열심히 연습한 다음 국군병원에 갔다. 군인 아저씨 위문하러 온 꼬마들을 본 문 앞의 보초는 어이가 없다는 표정이었다. 절대로 물러갈 기세가 아니라고 판단한 보초는 몇 군데 전화를 해보더니 들어가라고 허락했다.

우리 다섯 명은 방방이 다니며 그간 연습한 노래를 불렀다. 점심때 장교식당에서 점심 대접까지 받고 돌아왔다.

나뿐 아니고 다른 네 명도 나처럼 오래오래 그때 일을 기억하리라고 본다. 그리고 어떤 형태로든지 그들의 인생에 영향을 주었으리라 믿는다. 그 후 이런 여러 가지 경험은 청소년적십자에 대한 확신을 갖는 데 많은 도움이 되었다.

미스 김을 아세요(Do you know Miss Kim)?

터키 적신월사(회교국은 적십자 대신 적신월을 그 표장으로 쓰기 때문에 적신월사로 부른다)는 2년에 한 번씩 흑해 연안의 펜디크(Pendik) 캠프장에서 청소년적십자 캠프를 개최하고 유럽과 인근 중동국가의 청소년적십자 단원들을 초청하고 있다. 아시아 국가들 중에서는 유일하게 한국이 초청되었다.

아이들을 인술하고 처음으로 터키에 도착하자 말할 수 없이 따뜻한 환영을 해주었다. 프로그램은 우리 나라나 일본처럼 시간대별로 정확하게 정해진 게 아니라 상당히 자유롭게 운영되고 있었다.

이스탄불 거리에서 마주친 사람들은 저마다 일본 사람이냐고 묻는다. 일본 사람이 아니고 한국 사람이라고 하면 갑자기 만면의 웃음을 띠고 본인이, 또는 친척이 한국전쟁에 참여했노라고 하며 반가워하는 것이었다.

어떤 사람은 한국에서 왔다고 하니까 대뜸 "미스 김을 아세요(Do you know Miss Kim)?" 하고 물었다. 한국전쟁 중 만난 여자 이름이 미스 김이었던 것 같다. 한국에서 제일 흔한 성이 김씨 이씨이고, 서울의 남산에서 돌을 던지면 김씨 아니면 이씨가 맞는다고 설명하면 고개를 끄덕이면서도 영 아쉬운 표정이다.

어떤 사람은 무지막지한 손으로 팔이 아프게 흔들며, 맥주 한잔 하자고 선술집으로 끌어들이기도 하고, 캠프장 주방에 있는 한 사람은 배식할 때면 한국 대표들에게 많이 먹으라고 듬뿍 떠주기도 한다.

캠프장을 방문했던 인근 지역 주민 중에 한국전에 참가했던 사람은 한국 대표단을 자기 집으로 초대하여, 전통적인 터키 음식을 맛보게 해주었다. 그 가족은 자주 찾아왔으며, 8월의 뜨거운 태양 아래서 눈을 깜빡이며 하이 소프라노로 "아이 베리 라이크 유(I very like you)"를 연발할 때면 뚱뚱한 몸집만큼이나 푸근한 정을 그 부인한테서 느낄 수 있었다.

거리를 거닐면서, 사람들과 만나서 이야기를 나누면서 계속 의문이 가는 것은 한국전쟁 중 어떻게 그 먼 데까지 군대를 보내주었는가 하는 점이었다. 사람들은 모두 자유스러워 보였고, 이념이니 사상이니 하는 것에는 별 관심을 보이지 않았다.

생수와 엑스레이(X-ray) 필름의 독점권을 비롯하여 대형 호텔을 몇 개씩 갖고 있는 터키 적신월사는 회교권의 만형 노릇을 톡톡히 하고 있다. 적십자운동의 기본 원칙과 잘 안 맞는 노릇이기는 하나 회교권 국가들에 대한 구호를 거의 도맡아서 하고 있는 터키 적신월사. 대형 구호품 창고도 여러 곳에 두고 있고, 천막공장에서는 계속 천막을 만들어 재해지역에 보내고 있다. 10톤 트럭까지 갖추고 있는 터키 적신월사의 한국에 대한 애정은 각별하다. 재해시 연락만 하면 천막을 만들어 보내겠다는 터키인들의 따뜻한 인심에도 불구하고,

한국민들이 터키인들은 무시한다는 말은 주한 터키대사의 본국 보고에 빠지지 않고 들어가는 글귀다.

불과 1970년대 초까지만 해도 북한이나 필리핀보다 못살았고, 한국전쟁 때 다른 나라의 도움으로 겨우 버텼으면서, 이제 밥술이나 먹는다고 으스대는 꼴로 비칠까봐 우려가 된다.

양고기보다는 내장

면적은 우리 나라의 16배, 인구는 20분의 1밖에 안 되는 225만 명에 국민소득 580달러인 몽골. 국제적십자사연맹은 몽골 적십자사 발전계획을 수립하고 한국, 일본, 독일 등 몇 나라 적십자사에 참여를 요청했다.

미얀마에 이어 각 지사의 참여를 권유하여 거의 전 지사가 참여키로 하였다. 대전의 청소년 단원들은 성냥을 모으고, 충남지사와 혈액원 직원들은 자진해서 만 원씩 내기도 했다. 봉사원들은 입던 옷들을 정리하고 포장하여 1996년 535상자의 옷 등 물자를 담은 컨테이너들을 몽골에 보냈다.

그 후 해마다 옷을 보낼 수 있었다. 몽골 적십자사는 이 옷을 가난한 사람들에게는 무료로, 조금 여유가 있는 사람들에게는 팔아서 본사 경상비로 썼다. 구호용 지프도 한 대 요청하여 국산 차량을 지원하려고 했으나 정유가 안 된 그곳 기름과는 맞지 않는다고 하여 현금으로 지원했다.

1994년 4월 몽골 적십자사의 초청으로 몽골을 방문했다. 3박 4일의 방문기간 중 아직 청소년적십자 조직이 없는 그곳에서 이틀 간의 지도자 강습도 계획되어 있었다. 4월인데도 눈발이 날리는 그곳 날씨는 스산했으나 너무나도 우리와 닮은 사람들, 똑 닮았는데 한국말을 한마디도 모르는 것이 신기한 몽골인들은 우리를 따뜻하게 맞아주었다.

몽골 적십자사 본사 안에 설치된 몽골인들의 집을 본뜬 겔(Gel) 안에는 침대와 난로 등이 갖추어져 있었고, 외국에서 손님이 오면 이곳에서 만찬을 했다. 양 한 마리를 잡아서 소금이나 후추 등 아무런 양념 없이 한쪽에서는 국을 끓이고, 요구르트는 벌써 만들어져 있었다.

귀한 손님일수록 내장부터 대접한다는 소리와 함께 사무총장에게 내장을 내놓았다. 인상 좋은 이병웅 사무총장은 만면의 웃음을 띠고 몽골 적십자사 총재가 내놓는 내장을 순서대로 든 다음 전혀 간이 되어 있지 않은 국이며, 시큼한 요구르트도 사양하지 않고 들었다. 국그릇은 그렇다 하더라도 요구르트 그릇은 왜 그리 큰지. 사무총장이 내장을 대접받았으니 나는 고기와 국, 요구르트만 먹으면 되어서 얼마나 다행인지 모른다. 우리는 생물시간이나 가정시간에 균형 있는 식단에 관해서 얼마나 자주 들었는가. 그 이론은 몽골에서는 안 통하는 것 같았다.

땅이 얼어서 우리 같은 비닐 하우스 재배는 생각할 수도 없는 몽골에서 인구의 열 배가 넘는 양 2,000만 마리는 이들의 주식이고, 채소나 과일은 수입할 수밖에 없다.

몽골 적십자사 바로 앞에 자리잡은 한국 대사관. 쿠바 대사관을 사서 관저와 대사관으로 쓰고 있는 한국 대사관은 몽골 적십자사와 연락이 잘 안 될 때는 대신 연락을 해주기도 했다.

적십자사에서 사무총장 하고 싶은 사람들이 있다면 몽골의 양 내장 앞에서의 사무총장과, 죄인 다루듯 하는 국회 국정감사장에서의 사무총장을 보면 아마 생각이 달라질 것이다.

굼부야(Gumbooya)

호주 원주민 말로 '만남', '만남의 장소'라는 뜻을 가진 굼부야
(Gumbooya). 호주 적십자사는 매 2년마다 'Gumbooya´80'
'Gumbooya´82' 등 이름을 붙인 청소년적십자 모임을 개최하고 아
태지역 청소년적십자 모임을 개최하고 있다. 요즈음은 그냥 '아태지
역 청소년적십자 모임'이라는 평범한 이름을 갖고 계속되고 있는 이
행사에 학생 파견하는 일을 한 적이 있다.

꼬마들도 어학연수 한다고 단체로 해외에 나가는 요즈음에는 이
해할 수 없겠지만 고등학생이 외국에 나가는 데는 많은 서류를 붙여
서 제출해야 여권이 나왔다.

1976년 부산 학생 한 명과 서울 학생 한 명이 선발되었다. 학부모
동의서, 교장 추천서 등을 붙여서 해당 시·도 교육위원회에 해외여
행 허가를 신청했다. 부산시 교육위원회는 즉시 허가해주었으나 서
울시 교육위원회는 인솔자가 없는데 어떻게 남녀 고등학생을 외국
에 보낼 수 있느냐며 허가할 수 없다는 것이었다.

호주 적십자사가 청소년 단원만 초청했지 지도자는 초청하지 않았는데 어떻게 우리 나라만 지도자를 딸려 보낸다는 말인가. 다른 나라들은 학생들끼리 가는데 우리 나라 아이들만 자기들끼리 가면 안 될 만큼 미숙아들이라는 말인가. 부산시 교육위원회로부터 받은 허가서를 보여주면서 사정사정했으나 돌부처처럼 꿈쩍도 않는 것이었다.

여의도에 있는 교육위원회 사무실을 드나들며 시간이 지나자 초조해지기 시작했다. 요즈음 같지 않고 여권도 일주일 이상 걸리고, 호주 비자는 72시간이 걸리니 무슨 수를 내지 않으면 안 되었다. 인솔자로 내 이름을 넣어서 허가를 받아냈다. 나중에 왜 안 갔느냐고 하면 급한 일이 생겨 못 갔다고 할 작정이었다. 외무부 여권과장 방에까지 쫓아 들어가서 여권에 사진 붙인 풀이 채 마르지도 않은 여권을 받아들고 호주 대사관으로 달렸다.

사흘 후 호주 비자가 찍힌 여권을 들고 공항으로 직행하여 학생들에게 여권을 내주며 잘 다녀오라고 할 때, 그 똘똘하게 생긴 남녀 고등학생이 충분히 자기 몫을 하고 '무사히' 돌아올 것이라는 것을 조금도 의심하지 않았다.

남태평양 섬나라를 달리는 포니

　현대에서 만든 포니 자동차가 한창 인기를 누리던 1980년대 초 남태평양에 있는 조그만 섬나라 바누아투(Vanuatu) 적십자사로부터 자동차 한 대를 지원해달라는 요청을 받았다. 바누아투는 태평양 남서부의 뉴헤브리디스(New Hebrides)가 1980년 독립하여 설립된 공화국으로 인구가 16만 명밖에 안 되는 나라이다.

　주로 호주 적십자사가 남태평양 섬나라 적십자사들의 지원을 해오고 있었기 때문에 대한적십자사는 그간 별로 관심을 나타낼 기회가 없었는데 지원 요청을 해왔고, 그것도 최초의 자동차 지원 요청이기 때문에 포니 자동차를 한 대 지원하기로 결정했다.

　한국산 포니 자동차를 지원하겠다는 우리의 제의에 바누아투 적십자사는 일제 도요타 자동차를 제외하고 바누아투에 들어오는 모든 자동차는 관세를 물어야 하고, 도요타 자동차는 대리점이 있어서 자동차 부품 조달과 애프터 서비스가 원활하다는 두 가지 이유를 들면서 현물보다는 현금지원을 해달라는 회신을 보내왔다.

도요타 자동차 가격을 물어보니 우리가 현대자동차에 알아본 포니 자동차 수출 가격의 꼭 두 배였다. 애프터 서비스 문제를 현대와 협의하니 바누아투 바로 옆의 섬나라 피지(Fiji)의 수도 수바(Suva)에 현대자동차 대리점이 있으며, 수바까지는 배로 30분밖에 안 걸린다는 답을 얻었다.

우리는 적십자 회비를 내주고 있는 대다수의 국민들이 자기가 낸 회비가 일제 자동차를 사는 데 쓰이는 것을 달가워하지 않을 것이라는 생각이 들자 포니를 끝까지 밀고 가기로 했다. 그래서 바누아투 적십자사에 관세문제는 당신들이 해결해야 할 문제이고, 가격면이나 성능면에서도 우리는 포니를 추천하며, 애프터 서비스 문제는 이웃나라 피지의 수도 수바의 현대 대리점에서 받는 데 아무런 어려움이 없을 것이라고 말하면서 우리의 이러한 제안을 받아들인다면 앞으로 5년 간 쓸 수 있는 부품을 함께 실어 보낼 것이라고 편지를 보냈다. 얼마 후 관세문제를 해결했으며, 포니 자동차를 보내주면 잘 쓰겠다고 답신이 왔다.

우리는 울산의 현대자동차에 왜건형의 흰색 포니 승용차를 주문하면서 양 옆에 영문으로 "대한적십자사 기증"이라고 써 넣어달라고 했다. 얼마 후 주문한 자동차와 5년 간 쓸 부속품을 실어 보내면서 남태평양 섬나라를 달릴 흰 포니 승용차를 그려보았다. 일제 도요타 자동차 사라고 돈으로 보냈으면 이렇게 흐뭇하지는 않았을 것 같다.

일본 적십자사는 전 세계 178개 적십자사 중 10대 원조국 안에 들만큼 국제원조에 적극적인 적십자사다. 현금지원도 많으나 특히 자동차를 많이 지원하고 있어, 적십자 활동 현장에 가면 일제 자동차,

그것도 도요타 자동차를 흔히 볼 수 있다. 자동차는 한 곳에 가만히 있지 않고 전국의 활동 현장으로 돌아다니기 때문에 일본 적십자사의 원조 사실을 그 많은 행인들이 보게 되니 홍보면에 있어서 효과가 대단하다.

후진국 적십자사에 일본 적십자사가 기증한 자동차들뿐 아니라 국제적십자사연맹의 국제활동 현장에서 쓰이는 트럭 등 자동차의 90% 정도가 도요타 것이라고 하니, 도요타 자동차 회사가 원조했는지 아니면 싼 값에 공급했는지 알 길이 없으나 현명하기 짝이 없는 품목이다.

일본 적십자사가 기증한 자동차들과는 비교할 수도 없으나 바누아투에 포니 승용차를 기증한 이래 자동차 지원하는 문제를 늘 생각하게 되었다.

몽골 적십자사가 자동차 지원을 요청했을 때는 몽골의 정제 안 된 기름이 우리 자동차에는 맞지 않는다고 하여 보내지 못하고 체코에서 제작한 차량을 구입할 수 있도록 현금으로 지원했다. 구급차(앰뷸런스)를 절실히 필요로 하는 페루에 국산 구급차를 실어 보낼 때의 심정도 바누아투에 포니를 실어 보낼 때만큼이나 기뻤다.

개인적으로나 또는 적십자사를 통해서나 도움을 받을 때보다 남을 도왔을 때 훨씬 기쁜 것은 참 이상하지 않은가. 시간과 금전, 노력이 들고 땀이 날 만큼 힘이 들어도 우리 마음속에 찾아오는 기쁨은 아무리 생각해도 하나님께서 인간에게 주신 특별한 선물인 것 같다.

적십자 표장의 수난

1863년 적십자운동이 탄생하면서, 1864년 최초로 무력 충돌시 적용되는 제네바협약이 만들어지면서 채택된 적십자 표장은 그 사용이 엄격히 제한되어 있다. 군대의 부상자와 환자를 치료하는 의료요원과 종교요원, 의료시설과 장비에 표시하여 적의 공격으로부터 보호받도록 하였으며(보호 표장), 이보다는 크기를 작게 하고 소속을 표시하는 표시 기장은 적십자사 소속임을 나타내는 것으로서 적십자사와 그 직원, 봉사원, 청소년 단원들만 사용하도록 규정되어 있다. 우리 나라에서도 조직법뿐 아니라 상표법으로도 엄격하게 그 사용을 제한하고 있다.

그러나 많은 나라에서 이 표장이 남용되고 있는 것이 사실이다. 가장 흔하게 약국이나 병원에서 함부로 사용하고 있으며, 이러한 현상은 우리 나라뿐 아니라 다른 나라에서도 많이 찾아볼 수 있다. 국제적십자위원회는 비슷하거나 또는 적십자를 연상시키는 도안도 그 사용을 금하고 있으며, 심지어는 장난감에도 사용하지 못하도록 하고 있다.

북한에 한창 옥수수를 지원할 때다. 각 민간 단체들은 한동안 통일부의 방침에 따라 돈과 옥수수를 기증하면서도 자기 단체의 이름으로는 기증하지 못하고 모든 옥수수 부대에 단일 창구로 지정된 적십자사 이름으로만 보낼 수 있었다.

이들 단체들의 끈질긴 항의 끝에 마침내 기증 단체 이름이 들어가게 되면서 문제가 발생했다. 평양에 대표단을 두고 적십자 구호활동을 지휘하고 있던 연맹으로부터 어느 날 항의가 왔다. 옥수수 부대에 대한적십자사를 제외한 다른 기증 단체들의 이름이 찍혀 있는데 왜 적십자 표장이 들어갔느냐는 것이었다. 사진을 보니 사실이었다.

나는 그 문제를 간부회의에 제기했다. 그러자 그 자리에 참석한 한 간부가 "짜식들, 그것 좀 쓰면 어때서!" 하며 내뱉듯 말하는 것이었다. 인심 좋게 너도 쓰고 나도 쓰고 할 수 있는 표장이 아님을 그 간부는 모르고 있었다는 말이다.

삼성의 인명 구조견이 등판에 커다랗게 적십자가 찍힌 노란 조끼 비슷한 것을 걸치고 신문 전면광고로 등장했을 때도 비슷한 반응을 보았다. 문제를 제기하자 간부 직원 한 명이 "적십자 선전되고 좋잖아요?" 하는 것이었다. 그 표장이 적십자 표장인지 몰라서 삼성에서 기르는 개 등판에 잘못 얹어 있는 것까지도 좋아한다는 말인가.

밖에서 함부로 쓰는 것도 문제지만 누구보다도 그 사용법을 잘 알고 있어야 할 적십자사 내부에서 아무 생각 없이 사용하고 있는 것을 자주 본다.

조선일보 광고대상을 탄 "빼는 것만큼 더해집니다"라는 말과 함께 빼기와 더하기 부호가 들어간 헌혈 포스터. 헌혈 포스터가 대상을 탄 것에 감격하여 다량으로 인쇄해 전국 혈액원에 배포한 간부는 적십자 표장이 '더하기' 부호로 사용됐는데도 아무런 개념이 없었다.

그 간부는 그 후 나온 결혼 정보회사 '듀오'의 광고에 적십자 표장이 들어 있었어도 아무렇지도 않았을 것이다. 듀오 사는 남자와 여자를 맺어준다는 생각에서 더하기 부호로 적십자를 사용했을 것이다. 전면 광고에 등장한 인터넷 회사 '조인스 닷컴(Joins.com)' 사의 광고도 무심히 보았을 것이다.

관에서 걷어주던 적십자회비가 '자율 납부'로 전환되면서 앞의 헌혈 포스터에서 힌트를 얻은 듯 일제히 더하기 부호를 홍보물에, 지로 용지에 찍고 있다.

국제부에서는 표장이 잘못 쓰이는 것을 발견할 때마다 조직법 사본을 첨부해 보내면서 표장 사용을 못하도록 공문을 보냈으며, 대개의 경우 몰라서 그랬노라며 사과하고 그 후로는 사용하지 않는 것을 본다. 답신 없이 사용을 중지한 경우도 여러 번 있었다.

1997년 대선 때이다. 당시의 국민회의는 어느 날 "신한국병은 우리가 고칩니다"라는 구호와 함께 예쁘고 건강하게 생긴 아기를 등장시킨 광고를 일간지에 일제히 게재했다. 기저귀를 찬 그 아기는 청진기를 목에 두르고 머리에는 의사가 사용하는 거울 달린 머리띠를 둘렀는데 그 흰 머리띠에는 선명하게 적십자 표장이 찍혀 있었다.

김대중 후보가 대통령으로 당선되면 표장 사용 시비를 벌인 우리 국제부 혼나지 않을까 하는 염려가 없지는 않았으나 그렇다고 예외를 둘 수는 없는 것이었다. 공문을 내자 그 광고는 자취를 감췄으며, 김대중 후보가 당선된 후에도 국민회의에서는 아무 소리가 없었다.

　국제적십자위원회 대표가 판문점에 갔다 온 날이면 영락없이 총재를 방문하고 항의하는 것이 있다. 판문점에서 일하는 근로자들이 하나같이 팔에 적십자 완장을 두르고 있다는 것이었다. 그 사람들 생각하기에 극도의 긴장감이 감도는 판문점에서 일하는 데는 그래도 적십자 완장을 차야 조금은 안심이 된다고 생각한 것이다.

　이와 비슷한 예는 다른 나라에서도 찾아볼 수 있다. 아프리카 내전 지역에서 근무하고 있는 유엔 평화유지군 캠프 입구의 높다란 게양대에 나부끼는 유엔기 위에 적십자기도 걸어놓는 경우가 많으며, 서울평화상을 수상한 바 있는 '국경 없는 의사회(Médecin sans Frontière)'는 그 단체의 첫 머릿글자 MSF를 적십자의 가로대에 붉게 써 넣어서 조금 멀리 떨어져서 보면 영락없는 적십자로 보인다.

　조성모의 뮤직 비디오 〈아시나요〉에서 백마부대원이 바람직하지 않게 묘사됐다는 백마부대원들의 항의로 백마부대 표지를 흐리게 처리했는데, 적십자의 경우 간부 직원들부터 개념이 전혀 없으니 본인이건 다른 사람이건 표장 남용과 오용에 대해 항의할 사람이 있을 리가 없다.

수동 타자기의 활약

1969년 KAL기가 납북되었을 때, 1971년 남북적십자회담을 제안했을 때 원없이 수동 타자기를 사용해봤다.

1969년 12월 11일 승객 47명과 승무원 4명을 태우고 강릉을 출발, 서울로 향하던 KAL기가 승객을 가장한 납치범에 의해 공중 납북된 사건이 발생했다.

대한적십자사는 전 세계 회원국과 연맹, 국제적십자위원회에 이 사실을 알리고 피납된 사람들이 속히 돌아올 수 있도록 힘써줄 것을 호소하는 편지를 내기로 했다.

당시 섭외부장 윤여훈 씨가 기안한 이 호소문은 명문이었다. 이 편지를 120여 장을 쳐서 각국 적십자사에 보내는 일은 우리 둘의 일이었다. 타자기라야 우리 둘 다 고물 수동 타자기를 쓰고 있었다. 수신자는 달라도 내용은 똑같은 편지를 주야로 치고 있는 것이 안되었는지 KAL에서 타이피스트를 한 명 지원해주어서 나중에는 셋이서 쳐서 틀린 글자 없는지 확인한 다음 우표 붙여서 발송하는 일을 끝냈다.

윤여훈 씨는 그 후 1월 25일 피납된 가족 대표 3명을 이끌고 북한
에 영향력을 행사할 만한 주요 적십자사와 제네바에 있는 연맹과 국
제적십자위원회 본부를 방문하여 직접 협조를 호소했다.

이들이 방문을 끝내고 귀국하던 2월 14일 피납된 51명 중 37명이
판문점 자유의 다리를 통해서 돌아왔다.

그러고 나서 몇 년 후 신문에 납북되었던 대한항공의 YS-11기가
일본에 수리하러 왔다는 것이 1단 기사로 났다. 북한은 그동안 그 비
행기를 계속 사용했다는 이야기다.

2년 후인 1971년 8월 12일. 최두선 총재가 이산가족 문제 해결을
위한 남북적십자회담을 제안한 날이다. 조용하던 적십자사는 기자
들로 북새통을 이루고 우리의 수동 타자기는 다시 바빠졌다. 이산가
족의 고통을 설명하고 성공적으로 회담이 개최될 수 있도록 협조해
달라는 또 하나의 명문이 윤여훈 씨의 올리베티(Olivetti) 고물 타자
기로 기안됐다.

그날부터 우리는 다시 수동 타자기로 어깨가 뻐근할 정도로 120여
개국 적십자사에 보내는 긴 편지를 쳤다.

토요일 오후 늦게까지 일하고 있는 것을 와서 보신 최두선 총재
님, 5·16 후 "총리보다는 총재"라며 총리직 제안을 거부하여 1963년
12월부터 수개월 동안 세계에서 그 유례를 찾아볼 수 없는 국무총리
와 적십자사 총재를 겸임하셨던 노신사 총재님께서 그날 저녁을 사
주셨다.

지금은 생선구이집으로 바뀐 명동 뒷골목의 냉면집 '도명관.' 총

재님 단골집인 것 같았다. 우리는 냉면집 건물 4층에 자리잡은 안방으로 안내되었고, 곧이어서 냉면상과 함께 집주인인 마담이 들어섰다. 걸걸한 목소리에 얼굴이 새까만 이 할머니는 '마담'이라고 부르기에는 뭣했지만 총재님을 보자 반가워 어쩔 줄을 모르는 것이 마치 소녀와도 같아 인상적이었다.

미얀마의 럭스 비누

국제적십자사연맹은 그 규모가 큰 재해를 입은 나라의 적십자사를 도와 국제구호를 주관하는 것 외에 개발도상국 적십자사의 업무 수행 능력을 향상시키기 위한 발전계획도 주관해오고 있다. 연맹과 해당국 적십자사가 함께 발전계획을 수립하고 나면 그 발전계획을 지원할 만한 나라들을 현지에 불러 발전계획을 설명하는 모임을 개최한다. 사업설명회 같은 것이다.

대한적십자사도 1990년도 중반부터 이러한 모임에 참가하기 시작했다. 특히 아시아 지역 적십자사의 발전계획에 관심이 있었기 때문에 미얀마(구 버마) 적십자사 발전계획 회의에 참가해달라는 요청에 기꺼이 참가했다.

회의는 진지했으며, 미얀마 적십자사 사람들은 우리보다도 훨씬 부자인 독일이나 캐나다, 일본 적십자사 대표들보다 한국 대표에게 더 가깝게 굴었다. 우리는 사촌지간이라는 것이다. 옛날 몽골족의 일부가 인도차이나 반도로 내려와 미얀마 주민의 일부가 되었다는 것이다. 그러고 보니 지방에서 만난 아이들이 너무나 한국 아이같이 생겨서 이 아이가 왜 한국말을 모를까 하고 순간 생각할 정도였다.

10개국 참가자들은 네 그룹으로 나뉘어 미얀마 적십자사 직원 안내로 지방을 방문하게 되었다. 도로는 포장이 전혀 안 되어 있었으며, 머리에 수건을 두른 미얀마 여인들이 쇠망치로 길에서 도로 포장을 위해 돌을 깨고 있는 그 울퉁불퉁한 길로 하루종일 달리는 것은 보통 힘든 일이 아니었다. 냉방이 안 되어 열어놓은 자동차 창문으로 흙먼지가 계속 들어와 입을 열 수 없었으며, 주먹만큼이나 큰 돌이 깔린 길을 달리고 나면 저녁에는 여간 허리가 아픈 것이 아니었다.

저녁이 다 되어 도착한 곳에는 호텔이 없고 관에서 하는 게스트 하우스(Guest house)는 말은 근사해도 시골 중학교 숙직실 수준이었다. 방 가운데 덩그렇게 놓인 스프링이 달린 쇠 침대 위에 늘어뜨린 모기장을 보는 순간 어렸을 때 모기장 속에서 즐겼던 여름밤을 생각했다.

방에 딸린 화장실에 들어간 순간 비명을 지를 뻔했다. 시멘트 바닥에 벌레가 발 디딜 틈 없이 꾸물거리고 있었던 것이다. 한구석에 있는 물통에서 물을 부어 벌레를 쫓아냈으나 곧 다시 모이고, 또 다시 모였다. 그 한옆 세면대에 놓인 비누가 눈에 들어왔다. 새로 갖다 놓은 그 유명한 미제 럭스(Lux) 비누였다. 타월도 없어서 손수건으로 물기를 닦으면서 물자가 귀한 이 시골에서 비누 구하느라고 애썼겠구나 하고 생각했다. 이같은 생각은 다음 날 아침 캐나다 대표와 나를 위해 토스트를 구워 내왔을 때도 들었다.

귀국한 후 총재님께 보고드리면서 그간 국제원조를 본사가 맡아서 했지만 미얀마 적십자사 발전계획 지원에 지사들을 참여시켰으면 좋겠다고 말씀드렸다.

마침 지사 사무국장 회의가 본사에서 열려 이 계획을 보고하자 서울·경기·대구 지사가 참가하겠다고 적극적으로 나섰다. 우리가 지원할 내용을 설명하고 세 지사가 상의해서 해줄 것을 당부했다.

수재와 화재가 빈번한 미얀마에 보낼 세대별 구호 품목을 미얀마 적십자사와 상의했다. 우선 순위 1번은 모기장이었으며 남녀 공통으로 입는 긴 치맛감, 세탁비누, 아동용 슬리퍼(아이들은 대부분 맨발로 다녔다) 등이었다.

다른 것을 구하는 데는 어려움이 없었으나 이제는 집집마다 방충망을 쓰고 있어 모기장 구하기가 어려웠다. 세 지사를 대표하여 이 일을 맡아서 하고 있던 서울지사의 박찬욱 씨, 중앙시장을 다 뒤져서 마침내 모기장을 찾아냈다고 알려와서 다행이다 싶었다.

본사도 가만 있을 수는 없었다. 지방 방문하면서 가장 눈에 띈 것은 원두막처럼 생긴 집마다 앞에 파놓은 커다란 물 웅덩이들이었다. 밑이 안 보일 정도 탁한 그 물을 개도 먹고 소도 먹고 사람도 먹고 있었으며, 그 주위에서 여인들은 긴 머리를 감거나 그릇을 씻기도 했다. 후진국의 유아 사망률이 높을 수밖에 없구나 하고 생각하면서 지나가는데 어떤 집 마당 장대 끝에 비닐 봉지에 맑은 물을 담아서 달아놓은 것이 보였다. 그 순간, 미얀마 적십자사의 공식 요청은 없었으나 본사가 무엇을 지원할지가 떠올랐다. 돈 자라는 데까지 마을마다 펌프 한 대씩 박아주는 것이었다. 펌프 한 대면 마을 주민들이 그 구정물 대신 맑은 물을 먹을 수 있을 것이고, 설사로 죽는 어린이들의 수를 줄일 수 있다는 생각이 들자 마음이 바빠졌다.

　광주에서 열린 전국 여성봉사 특별자문위원회 총회를 비롯하여 각종 모임과 또 적십자 활동에 관심을 갖고 있는 개인들에게 실정을 호소하자 호응이 컸다.

　어렸을 때 물 한 바가지 붓고 펌프 손잡이를 아래위로 흔들면 한참 있다가 맑은 물이 콸콸 쏟아지던 것을 기억하며 펌프 생산업체를 수소문하니 우리 나라는 이제 시골까지 수도가 있고 혹시 없다고 해도 전기 모터를 사용하지 옛날식 펌프는 사용하지 않기 때문에 국내에서는 더이상 생산하지 않는다는 것이었다. 담당자는 중국은 생산한다고 하니 중국제를 수입해도 되겠느냐는 말에 중국제를 수입해서 보내느니 미얀마제를 쓰는 것이 현지 펌프 생산업체도 지원하는 것이 되고 더 나을 것이라고 보아 현지에 344대의 펌프 구입비와 설치하는 데 필요한 인건비를 송금했다.

　얼마 후 미얀마 적십자사 뒤뜰에 죽 늘어놓은 펌프 사진과 함께 시골에 펌프를 박기 시작했다는 답장이 왔다. 마음씨 따뜻한 여러 사람 덕분에 적어도 344개 마을 주민은 맑은 물을 먹을 수 있게 되었다.

　미얀마 적십자사 발전계획을 지원하는 것 외에 현지 학생들과 3주 동안 함께 봉사활동을 하러 들어간 대학적십자 회원들이야말로 민간 단체로는 최초로 군사정권 국가에 들어간 셈이다. 이들에 대한 관심은 대단해서 TV 뉴스 카메라가 이들의 봉사현장을 3주 내내 따라다니며 취재하여 시간 시간 보도할 정도였다.

　학생들이 봉사를 하면 얼마나 했겠는가마는 봉사하러 간 학생들 자신이 얻은 것이 훨씬 더 많았으리라고 본다. 어쩌면 이들은 평생에 가장 값진 경험을 그들의 땀을 주고 얻어왔을 것이다.

미얀마 의료봉사

해외에 파견할 구호요원 교육을 마친 사람들을 연맹이나 ICRC에서 불러줄 때까지 기다릴 수 없어서 생각한 것이 의료팀을 파견하는 것이었다.

병원이나 약국을 구경하기 힘든 시골이나 산골 마을에 의료진을 보내기로 하고 국제 구호요원 교육을 마친 서울 적십자병원 소아과 의사 한 명과 적십자간호전문대학 교수, 중앙병원 간호사, 본사 직원 한 명 이렇게 네 명을 파견키로 했다. 3주 간 진료에 필요한 약품 등 의료물자를 마련하고, 의약품 수송 협조를 항공사와 교섭하는 등 최초의 의료진 파견에는 많은 신경이 쓰였다.

한국에서 파견한 의료진은 대단한 인기를 끌었다. 끝도 없이 밀려드는 꼬마 환자들과 아이들과 함께 온 어른들, 몸이 불편한 노인들… 해가 져도 그 줄은 별로 줄어들지 않아서 할 수 없이 미얀마 적십자사는 현지 의사 두 명을 더 구해서 투입할 수밖에 없었다. 피부병 약이 제일 먼저 바닥이 났다. 이 나라에 왜 피부병 환자가 그렇게 많은지 알 수 없다. 급히 약을 구해서 비행기에 실어 보내면서 현지의 모습을 상상하며, 더운 날씨에 정말로 고생이 많겠다 싶었다.

소아과 의사가 나중에 돌아와서 하는 이야기가 청진기를 하루종일 귀에 꽂고 있으려니까 너무 귀가 아파서 나중에는 귀 바로 밑에 걸쳐놓고 있었다고 말했다. 네 명이 공통적으로 하는 이야기는 나중에는 아침에 눈을 뜨고 나서 창문을 열기가 겁이 났다는 것이었다. 그 이른 아침에 창문을 열면 벌써 그 끝이 안 보일 정도로 진료를 기다리는 아이, 어른들의 줄이 길었다는 이야기다.

3주 동안 이들이 진료한 수는 3,000명이 넘었다. 힘들고 지쳤지만 진료반은 눈을 반짝이며 현지 진료의 보람을 비롯하여 소감을 털어놓으면서 이러한 활동은 계속되어야 한다는 건의도 빼놓지 않았다.

의료진을 해외에 파견하는 일은 그렇게 힘든 일이 아니라고 본다. 본사가 해마다 인터넷으로 수강생을 모집하고 있는 국제 구호요원 교육(Basic Training Course for Delegates)에 일부러 휴가까지 내어 참가하는 사람들이 해마다 늘어가고 있다는 것은 자기의 돈과 시간과 노력을 자기 아닌 어려운 사람들을 위해서 쓰는 데 인색하지 않은 사람들이 많이 있다는 소리이다. 적십자가 의료진을 파견하는 데 있어서 의약품 지원을 받는 것과 그 수송에 큰 어려움이 없기 때문에 큰 비용 안 들이고도 현지인들에게 절실한 도움을 제공할 수 있을 것이다. 정치적으로 문제가 있는 국가이기는 하나 적십자 활동에는 그것이 아무런 장애가 되지 않는다.

나는 개인적으로 미얀마 사람들을 좋아한다. 아시아의 어떤 나라 사람처럼 가진 것도 없이 프라이드만 살아서 잘난 척하는 일도 없고, 그렇게 어렵게 살아도 도무지 비굴하지 않아서 좋다.

적십자와 심인활동

사람을 찾아서 소식을 알려주고 연결시켜주는 것은 오랜 전통을 가진 국제적십자 활동이다. 1870년 보불전쟁 당시 바젤(Basel)에서 시작된 심인활동은 1877년 러시아와 터키 간의 전쟁 때는 이탈리아 북동부에 있는 트리에스테(Trieste)에, 1912년 발칸전쟁 때에는 유고의 수도 베오그라드(Belgrade)에 전담 사무소가 설치되었으며, 제1차 대전으로 발생된 포로문제를 다룰 전담 부서가 제네바에 설치되고 이것이 1939년 중앙포로정보국이 되었으며, 1960년 이후 일반인도 포함, 중앙심인국(CTA-Central Tracing Agency)으로 자리잡게 되었다.

제2차 대전이 끝난 후 미·영·불 3개국이 점령했던 접경지역에 위치한 아롤센(Arolsen)에 국제심인사업소(ITS-International Tracing Service)가 설치되어 주로 나치 희생자들을 다루고 있으며, 여기서는 사람을 찾아주는 것 외에 나치에 박해받은 증명서를 발급해주어 독일정부로부터 보상받도록 도와주고 있다. 아롤센에 있는

ITS는 국제적십자위원회가 운영하지만 비용은 전액 독일 정부가 부담하고 있다.

제네바에 있는 중앙심인국에는 보불전쟁으로부터 시작하여 양 세계대전과 월남전, 한국전 등 여러 국제전과 국지전에서 실종된 사람들에 대한 신상카드 약 4,500만 장 가량을 보관하고 있었으나 요즈음은 그 카드들이 제네바에 있는 국제적십자 박물관으로 이관되고, 사람 찾는 일은 컴퓨터로 하고 있다.

몇 년 전 제네바의 중앙심인국을 방문해서 담당자와 한참 동안 이야기를 나눈 적이 있다. 그는 한국 사람 찾기가 아주 어렵다고 했다. 이유는 의뢰자와 대상자의 이름 표기 방법이 다를 때가 아주 많기 때문이다.

충분히 수긍이 간다. 같은 이씨라도 Lee를 쓰는 사람이 있는가 하면, 미국에 살고 있는 내 친구도 대한민국 초대 대통령 이승만 박사도 Rhee로 썼다. 전에 적십자사에서 같이 일한 윤여훈 씨는 영어 이름을 쓸 때는 남편의 성을 따라 미세스 서(Mrs. Seo)로 썼으며, 적십자사의 서영훈 총재는 같은 서씨라도 Suh로 표기한다. 미국 L. A. 다저스의 박찬호 투수는 Park로, 여자 프로 골퍼 박세리는 Pak이다.

의뢰자와 대상자가 성씨의 표기를 이렇게 다르게 하면 절대로 못 찾는다는 것이다. 이씨 성 가진 포로가 자기 이름을 Lee로 썼는데, 그를 찾는 아버지는 아들 이름을 Rhee로 썼다면 무슨 수로 아들을 찾을 수 있겠는가. 전쟁으로 헤어진 가족을 찾느냐 못 찾느냐 하는 중대한 문제가 이름 표기에서 시작된다는 것을 정부 책임자들은 알고 있는지 모르겠다.

이것뿐 아니다. 한국 사람은 성을 앞에다 쓴다는 것을 알아낸 사람

과, 서양 사람은 성을 뒤에다 쓴다는 것을 알고 있는 사람 간의 연락
은 성과 이름이 뒤바뀌어 못 찾는 수도 허다하다.

사람 찾는 일은 아니더라도 이와 비슷한 일이 김학묵 사무총장 시
절에 있었다. 김학묵 총장은 영문 편지에 서명하면서 서양식으로 학
묵 김(Hak Mook Kim)으로 하지 않고 김학묵(Kim Hak Mook)으로
썼다. 그분이 국제적으로 워낙 유명해서 그랬는지 또는 한국에 가면
김씨가 흔하다는 것을 알고 있어서 그런지 대부분의 답장은 디어 미
스터 김(Dear Mr. Kim)으로 시작되었다. 그런데 가끔 디어 미스터
묵(Dear Mr. Mook)으로 시작되는 편지도 왔다. 그런 편지를 받을 때
마다 속리산에서 먹던 도토리묵 생각이 나서 웃지 않을 수 없었다.

이름 표기 문제는 웃고만 있을 수 있는 일은 아니다. 사람을 찾느
냐 못 찾느냐 하는 문제와 결부될 때면 정부가 나서서 빨리 통일된
이름 표기법을 정하는 것이 참으로 시급하다는 생각이 든다.

독일민요 '들장미'의 향수

오스트리아 적십자사는 수도 비엔나 교외의 랑겐로이스 (Langenlois) 농업학교를 빌려서 국제 청소년적십자 캠프를 해마다 개최한다. 국제 캠프래야 전 세계를 초청하는 것이 아니고 한 해에 서너 나라씩 차례로 초청하는 비교적 소규모의 캠프이다.

1980년 처음으로 한국이 초청받은 해, 그 해는 광주항쟁을 비롯하여 나라가 극도로 혼란한 시기였다. 비엔나 공항에 학생 네 명과 함께 도착하자 못 올 줄 알았다며 여간 반가워하는 것이 아니었다.

주최국인 오스트리아와 독일어권 스위스, 서독, 핀란드, 한국이 참가한 이 캠프 주최측은 한국 대표단을 위해 영어 통역 봉사원을 한 명 두었다. 나는 4주 동안 독일어 실습은 제대로 하겠구나 하고 좋아했으나 오스트리아 사람들은 영어를 실습할 수 있는 좋은 기회라고 생각했는지 우리만 보면 열심히 영어로 이야기해서 독일어 실습은 결국 포기하고 말았다.

그러나 우리는 독일어 노래까지 포기한 것은 아니었다. 일정 중 양

로원 노인들을 초청한 날이 있었다. 각 국이 한 가지씩 프로그램을 보여주기로 했기 때문에 우리는 '들장미'를 우리 말로 한 번, 독일어로 한 번 부르기로 하고 준비를 단단히 했다.

50여 명의 노인들에게 점심을 대접한 다음 정원에서 위문 공연(?)이 시작됐다. 우리는 기타 반주에 맞추어 '들장미'를 불렀다. 그런데 어찌 된 영문인지 노인들이 손수건을 꺼내 눈물을 닦기 시작하는 것이 아닌가. 당황했지만 끝까지 부르고 나중에 사회자에게 물었더니 우리가 부른 '들장미'가 노인들의 향수를 불러 일으켰다는 것이다. 오스트리아는 말할 것 없고 독일에서도 우리가 알고 있는 독일 민요는 더이상 들을 수 없는 아주 옛날 노래가 되었다는 것이다. 이곳 캠프장에서 뜻밖에 한국 대표들을 통해 그 노래를 듣자 감격이 북받쳤다는 설명이었다.

어느 날 저녁 오스트리아 청소년적십자 사무총장(재정적으로 완전 독립되어 있는 오스트리아 청소년적십자는 총재, 사무총장을 따로 두고 있다)은 독일어로, 나는 한국어로 부른 이중창은 가사도, 화음도 기막히게 좋았다.

저 구름에 달 가듯 방랑의 나그네
오늘도 해 저물면 그 고단한 몸을
어디서 쉬려나,
아, 어디서 쉬려나.

구호, 응급처치 훈련과 환경문제 등에 관한 강의와 토의, 적십자 공부가 계속되었으며, 그 중간 중간 적십자 시설 견학, 장애자 시설

방문 외에 오스트리아의 문화를 소개하는 프로그램도 많이 있었다.

유명한 포도 재배지역이기도 한 랑겐로이스에는 우리 나라의 카페만큼이나 포도주 마시는 집이 많았다. 어느 날 저녁 우리는 시의 포도주 저장소에 초대받았다. 어두컴컴한 지하실에 가지런히 뉘어 있는 둥근 포도주 통마다 그 해 만든 동전을 붙여놓아 제조 연도를 표시했다. 물론 오래 된 포도주 통에는 거미줄이 잔뜩 끼어 있었다. 포도주를 시음하는 방에는 우리 소주잔만한 조그만 잔들과 40여 종의 포도주가 준비되어 있었다. 그 잔으로 40여 종의 포도주를 한모금씩 마셔보고 각기 다른 점을 말해보라는 것이었다. 우리는 딱 한모금씩만 마시기로 했다. 그러나 네번째 모금부터는 그 맛도 구분이 안 되었을 뿐 아니라 취하는 것 같아서 여섯 모금째 중도 포기하고 말았다.

4주 동안 우리는 많이 친해졌다. 비엔나에서의 마지막 날 저녁, 누구보다도 가깝게 지냈던 통역과 마지막 저녁 메뉴를 피자로 정하고, 이탈리아 사람들이 하는 정통 피자집에 갔다. 벽에는 마늘꾸러미가 주렁주렁 걸려 있고, 전기 오븐이 아닌 화덕 앞에서 웃통 벗은 남자들이 땀흘리며 피자를 구워내고 있었다.

기막힌 냄새가 나는 먹음직스럽게 생긴 피자가 앞에 놓이자 우리는 입이 딱 벌어졌다. 내 생전 그렇게 큰 피자는 처음이었다. 우리는 가운데만 동그랗게 파먹고 일어날 수밖에 없었다. 되도록 음식을 안 남기는 원칙이었으나 그날만은 어쩔 수 없었다.

지금도 피자를 보면 밥집 아줌마 배달 쟁반만했던 그 피자 생각이 난다.

여자가 겁도 없이

1991년 12월 초 중앙아시아의 타슈켄트로 출장을 가게 되었다. 소련과 국교가 없었던 때라 여권을 일본에 보내어 비자를 받는 등 여행 준비가 까다로웠다. 주변에서 겁주는 사람도 많았고 다른 나라와는 달리 이것 저것 준비해 가야 할 품목에 대해서 이야기해주는 사람도 있었다.

잔뜩 긴장해서 모스크바 공항에 도착했다. 그곳에서 아는 사람을 만나리라고는 생각도 못했는데 적십자사가 주최한 평화 세미나에서 발표자로 참가했던 정종욱 교수를 만났다. 정 교수는 만나자마자 대뜸 "여자가 겁도 없이." 하며 겁을 주는 것이었다. 그렇지 않아도 심난하던 차에 말이다.

모스크바 공항에서 타슈켄트로 가는 비행기를 타려고 보니 내가 타려고 했던 비행기편이 없어졌다는 것이다. 그러면 사전에 각국에 알려야 하는 것이 아닌가. 다 늦은 저녁에 차를 내어 김포공항에서 수원에 갈 거리 정도 떨어진 국내선 공항으로 가보았지만 해답은 없었다.

다시 모스크바 공항에 돌아와 보니 나처럼 비행기를 못 타서 기다리는 사람들인지 어둠침침한 공항 여기저기에 웅크리고 앉아 있는 사람들이 보였다. 정종욱 교수가 한 말, "여자가 겁도 없이"가 자꾸 생각나며 어깨가 점점 더 움츠러들었다. 사마르칸트까지 가서 거기서 버스로 가는 방법도 생각해보았지만 그것도 막막했다. 이틀째 기다리고 있다는 사람도 있었고, 벌써 며칠 되었다는 사람도 있었다.

공항 직원들은 여자들이 많았지만 한결같이 무표정하다 못해 무서운 인상이었다. 다음 날 타슈켄트까지 가려면 대기자 번호표라도 받아야 가능한데 이러다가 회의는 끝나서 다시 서울 가는 비행기를 타야 하는 것 아닌가 하는 걱정이 들었다.

여행 가방에 걸터앉아서 잠을 청하나 잠이 올 리가 없다. 긴긴 밤을 이렇게 새우는 것이 문제가 아니라 다음 날 아침에도 좌석을 차지하지 못하면 어떻게 하나 하는 걱정을 하면서 남자보다 더 씩씩하고 퉁명스러운 공항 여직원들을 쳐다보고 있었다. 그 순간 팬티 스타킹이 요긴할 것이라는 선배의 말이 생각났다.

춥고 어두컴컴한 공항 바닥에서 조심스럽게 가방을 열고 준비해온 팬티 스타킹을 모두 꺼내 코트 안자락에 감춰 들고 무조건 안쪽 사무실로 들어갔다. 나는 한국에서 왔으며, 내일 첫 비행기로 타슈켄트에 적십자회의 때문에 꼭 가야 한다는 말과 함께 그 방에 있던 여직원(그 방에 남자는 없었다)들에게 팬티 스타킹을 세 켤레씩 나눠주었다. 한국에서도 안하는 짓을 모스크바에 와서 하다니!

효과는 곧 나타났다. 나는 대기 번호표 1번을 받았으며, 국제적십자위원회 대표들은 2번, 3번을 받았다. 스위스인들로 되어 있는 국제위원회 대표들은 인질로 잡혀도 절대로 돈으로 흥정을 하지 않으니 아마 이때도 팬티 스타킹 같은 것 없이 번호표를 받았을 것이다. 이 대기 번호표는 다른 승객 다 탄 다음 빈 자리에 태워주는 표가 아니었다. 대기표 가진 사람이 먼저 타고 나서 일반 승객이 타는 기막힌 특권이 부여된 표였다.

열 시간 동안 춥고 컴컴한 모스크바 공항에서 쭈그리고 앉아서 밤을 새운 후 드디어 비행기를 타고 타슈켄트에 도착해보니 개회식이 끝났다. 타슈켄트의 날씨는 우리 나라 가을 날씨처럼 좋았다. 회의가 진행되는 동안 내내 타슈켄트 사람들이 친절했기 때문에 모스크바 공항에서 있었던 일을 이야기하고 싶지 않았다.

회의를 다 마치고 모스크바 공항에 다시 도착하여 대한항공에 올라탔을 때 그 안도감이란! 그런데 비행기에 무슨 문제가 있었는지 승객을 다 태우고 나서도 다섯 시간 반 동안 뜨지 않았다. 다른 때 같으면 속이 부글부글 끓어올랐겠지만 깨끗한 우리 나라 비행기에 자리 잡고 앉아서 아무리 늦어도 서울까지 데려다 주겠지 하고 생각하니 벌써 집에 돌아온 듯 마음이 놓이는 것이었다.

오키나와의 캠프 파이어

1975년 일본은 오키나와에서 해양박람회를 개최했다. 2차대전 때 나 몰라라 하고는 이제 와서 오키나와 부근에 대규모의 유류 저장소를 만든다는 데 대한 현지 주민들의 저항이 크자 이 해양박람회를 개최하여 주민들을 무마하려고 했던 것이다. 박람회 기간중 주민들의 화염병 시위도 심심치 않게 있었지만 행사는 예정대로 진행됐다.

일본 문부성은 각국 문교부에 학생과 지도자 파견을 요청하면서 주문이 많았다.

부장님은 대한적십자사 설립 이래 최초의 국제 세미나를 잘 끝냈다고 나더러 오키나와에 인솔자로 다녀오라는 것이었다. 그런데 문교부에 가보니 선발시험을 친다고 했다. 내가 이 나이에 시험 쳐서 외국 가게 되었느냐고 부장님께 전화로 항의했지만 아무 소리 말고 시험 치라는 말씀에 할 수 없이 시험을 쳤고, 결과적으로 가게 됐다.

주최측은 까다로운 자격요건 외에도 파티에서 입을 드레스라도 한 벌씩 주려는지 옷과 신발, 모자 치수까지 자세하게 적어 보낼 것을 요구했다.

　도착해보니 어른, 아이 할 것 없이 사전에 치수 적어 보낸 것에 상관없이 한 줄로 죽 서서 티셔츠와 반바지, 운동화, 모자를 배급받았다. 남자 속옷처럼 홑겹에 허리에 고무줄이 들어 있는 밝은 오렌지색 반바지는 치수가 까다로울 필요가 없었으며, 나머지는 안 맞는다고 해도 바꾸어주지 않으니 그냥 대강 걸치고 다닐밖에. 이럴 것 뭐 치수를 그렇게 까다롭게 적어 보내라고 그랬는지, 분통 터질 노릇이었다.

　밤중에 거행된 개영식에서 각기 횃불 치켜들고 서서 열 명쯤이나 아득히 멀리서 일본말로 하는 개회사, 축사 등을 끝없이 듣는 것도 고역이었지만 아직 공사가 끝나지 않은 조립식 2층 연립주택 단지에 심심치 않게 퍼붓는 소나기로 진흙에 발이 빠져 애를 먹었다. 이곳이 바로 '마누라는 없어도 장화 없이는 못사는 동네'였다. 수도는 수시로 끊겨 어떤 지도자는 양치질하다가 수도가 끊기는 바람에 세븐업(7-up)으로 양치를 끝냈다는 것이었다.

　수족관을 구경간 날이었다. 건물에 들어가니 양쪽에 대형 유리통이 천장에 닿게 있었는데 한쪽은 고기들이 저마다 제각기 움직이고 다른 한쪽은 질서정연하게 한쪽 방향으로 돌고 있었다. 질서정연하게 돌고 있는 고기를 보자 한 명이 "재패니스 피쉬(Japanese fish)다!" 하고 소리쳤다. 모두 공감하며 박수를 치며 웃었다.

　어떤 수족관에는 여러 가지 고기가 섞여 있었는데 어떤 남자가 "가오리, 가오리." 하며 손가락으로 가리키는 곳을 보니 정말 가오리가 유유히 헤엄치는 것이었다. 나는 무식하게 가오리가 일본 이름인가 하고 생각했는데 그 사람은 나중에 보니 한국인 취재기자였다.

프로그램 중에는 연날리기도 있었다. 각자 모래사장에 앉아서 연을 만든 다음 그 자리에서 날리는 것이었다. 모두 온갖 솜씨를 발휘하여 연은 다 만들었지만 바람이 불어야 날리지. 오키나와는 태풍이 올 때를 제외하고는 거의 바람이 안 부는 곳이라 연날리기는 실패였다.

마지막 날 밤이었다. 매일 밤 10시가 취침시간이었으나 캠프 파이어가 있는 마지막 날 밤이니 두어 시간 늦게 재우면 어떻겠느냐는 각국 지도자들의 건의는 "칼같이 열시 취침(10 O' clock, sharp)!"이라는 주최측의 한마디로 묵살되었다. 그래도 설마했는데 10시가 되자 한창 타오르는 불길에 양동이로 물을 퍼붓는 주최측에 우리는 모두 진저리를 쳤다.

그 순간 비장한 얼굴로 물을 부어 불을 끄는 그 일본 남자의 얼굴에서 영화 〈콰이강의 다리〉에 나오는 사이토 대령을 보는 것 같았다.

'사랑하는 마리아'와 '곤니치와'

1970년 일본 적십자사는 아태지역 청소년적십자 세미나를 개최하면서 그 행사 이름을 '곤니치와(Konnichiwa)´70'으로 이름짓고, 유명한 작곡가에게 의뢰하여 만든 '곤니치와(Konnichiwa)'란 노래를 도넛 판으로 제작하여 각국에 보내면서 많이 연습해 오라는 주문도 빠뜨리지 않았다. 우리 아이들도 준비 모임이 있을 때마다 그 판을 틀어놓고 연습했다.

개회식은 도쿄에서 있었다. 참가국별로 3분씩 발표시간을 주어 어떤 나라는 참가자 소개, 어떤 나라는 단막극, 어떤 나라는 춤을 선보였다.

우리는 내가 기타를 갖고 가 패티 김의 '사랑하는 마리아'를 불렀다. 이 노래는 대단한 호응을 얻어 행사 기간 내내 모이기만 하면 그 많은 돈을 들여서 작곡한 '곤니치와'는 젖혀두고 '사랑하는 마리아'를 부르는 것이었다. 물론 외국 대표들은 후렴 부분 "마리아, 마리아, 사랑하는 마리아"만 부르고, 앞부분은 한국 대표들이 불렀다. 내심 기뻤지만 그런 내색을 안하고 행사가 끝날 때까지 계속 주최측에 미안한 표정을 짓는 것도 그리 쉬운 일은 아니었다.

행사는 세 부분으로 나뉘어 중간에 한 주일은 "이론과 현실의 차이를 직접 체험하고 토의"하기 위한 지방 방문이 있었다. 그러나 현장을 방문해서 서로 의견을 나누는 일은 여의치 않았다. 언어 때문이었을까. 우리가 만난 일본 사람들이 한 말은 "일본이 처음인가요?"와 "스키야키를 좋아하세요?" 두 마디였다. 두 가지 다 "예스." 하고 대답하고 나면 말을 이어가기 어려웠다.

그 다음 한 주일은 나라별로 귀국해서 시행에 옮길 활동계획을 작성하는 일이었다. 주최측은 각 나라 대표들이 잘 계획할 수 있도록 리소스 퍼슨(Resource Person)을 한 사람씩 배정해주었다. 이 계획 역시 언어 때문인지, 담당한 나라에 대한 사전인식 부족 때문인지 썩 좋은 평가를 받을 수 없었다.

당시 일본 적십자사 청소년사업 책임자인 미세스 하시모토는 각국 발표가 끝나자 그 사람 특유의 느릿한 영어로 "섬 페이퍼 이즈 굿, 섬 페이퍼 이즈 배드(Some paper is good, some paper is bad.)"라고 평가하는 것이 아닌가.

나는 참지 못하고 일어나서 좋고, 나쁜 기준이 뭐냐고 물었다. 그러자 그는 얼마 전 남편이 세상을 떠났는데, 인생무상이라며 눈물을 흘리는 것이 아닌가. 그 순간 나는 질문과 답변 사이에 어떤 상관이 있는지 생각해보려 했으나 어려웠다. 일본 청소년적십자를 소개하면서 자기가 없었으면 일본 청소년적십자가 존재하지 않았을 것이라고 말하는 것이나, 이번 국제행사가 자기의 정년퇴직을 기념하기 위해서 개최하는 것이라는 말 등은 종래의 수줍고 겸손하다는 일본 여자에 대한 나의 인식에 혼동을 가져왔다.

몇 년 후 미세스 하시모토가 대한적십자사를 방문했다. 사무총장실 앞에서 우연히 마주쳤는데 내 편에서 먼저 인사를 하며 '곤니치와 '70'에 한국 지도자로 참가했던 김혜남이라고 하니 잠시 가느다란 눈을 깜박이더니 "어머, 참 많이 컸네요(Oh, you are grown up)!" 하며 깜짝 놀라는 표정을 짓는 것이었다. 성숙해서 몰라보았다는 표현인가 본데, 내가 일본 갔을 때 이미 네 살 된 딸이 있었고, 한 달 내내 '마리아'를 부를 때마다 기타를 친 나를 잊었을 리가 없으며, 많은 사람 앞에서 눈물을 흘리게 한 나를 기억 못할 리가 없다. 단지 기억하고 싶지 않았을 뿐인지 모른다.

아주 특별한 일본인

'곤니치와(Konnichiwa) ´70´ 하면 생각나는 일본인이 또 한 사람 있다. 지금은 중년이 되었을 히데오 가와가미. 이바라키 현의 기차역에서 그를 처음 만났을 때 그는 앳된 고등학생이었다. 외국 대표들을 맞이하려고 서 있던 학생들 가운데서 "안녕하세요, 저는 히데오 가와가미라고 합니다." 하는 한국말이 들려 놀라서 보니 한글로 이름표를 달고 나온 학생이 서 있었다.

농업연구소 시설에서 이들과 함께 있는 동안 히데오는 나를 볼 때마다 한국어로 말하려고 애썼으며, 기회 있을 때마다 휴대용 녹음기로 '사랑하는 마리아'를 틀었다. 이미 이 노래는 '곤니치와 ´70´의 주제가로 자리잡고 있었기 때문에 일행은 매번 익숙하게 따라서 불렀다.

히데오가 녹음해 온 것은 패티 김이 일본에서 불렀던 것으로 3절까지 일본말로 부르고 후렴 부분만 한국말로 불렀다. 히데오와의 사귐은 이렇게 시작되었다.

할아버지와 함께 살고 있다는 히데오는 매년 한차례씩 한국을 다녀갔다. 다른 일본 단체 관광객들과는 달리 계획을 세워놓고 혼자서 제주도, 설악산, 민속촌, '공간사'(그는 건축가 김수근 씨가 설계한 건물에 관심이 많았다) 등을 차례로 방문했으며, 갈 때는 한국 최신 가요판을 빼놓지 않고 챙겨 갔다. 어느 해는 이태원과 인사동에서 한국 가구들 사 갖고 가기도 했다.

그는 대학 졸업 후 근무하던 대한항공 도쿄 사무실을 그만두고 본격적으로 한국 가요 연구에 나섰다. 일본에서 나온 한국 가수들의 CD에 그의 평이 가수의 약력과 함께 자세히 실리기 시작했으며, 그가 한국에 올 때마다 한 권씩 주고 가는 일본 음악잡지에는 그의 한국 가요 평론이 실려 있었다. 그는 알기도 많이 알고 있었다. 내가 만난 어느 사람보다 한국 가요의 흐름과 특징, 가수 개개인에 대해 히데오는 꿰뚫고 있었다. 그는 본격적으로 한국 가요 평론가로 나섰으며, 일본에서 패티 김이며 조용필의 공연이 있을 때면 인터뷰도 맡아서 했다.

한국 청소년적십자 창립 40주년을 기념하는 특집호를 꾸미면서 《청소년적십자》 잡지에 그의 글을 부탁해서 실었다. 몇 푼 안 되는 원고료를 보내는 것 때문에 고민하다가 마침 텔레비전에서 패티 김의 전 남편이기도 한 작곡가 길옥윤의 마지막 고별 쇼를 하는 것을 보게 되었다. 패티 김도 혜은이도 휠체어를 탄 길옥윤과 함께 출연한 그 프로그램은 참 감동적이었다. 몇 푼 안 되는 원고료 대신 그 프로가 담긴 비디오 테이프를 사서 보내면서 해금된 김민기의 노래책도 함께 보내주었다.

감사 편지를 보내면서 그는 '길옥윤 고별 쇼'를 한다는 것은 알고

있었는데 이렇게 녹화 비디오 테이프를 보내주어 너무 기쁘다고 말
했다. 원고료 몇 푼 대신에 오히려 큰 기쁨을 선사한 셈이었다.

점심 지령

불어권인 제네바에서 국제회의가 열릴 때면 한국과 북한은 K가 아닌 C로 시작되는 나라로 분류되며, 보통 남북한이 나란히 앉기보다는 콜롬비아(Colombia) 등 C로 시작되는 나라가 둘 사이에 끼여 앉게 마련이다. 그런데 1996년 제네바회의에서는 남북한 대표가 나란히 앉게 되었다.

회의 시작 전이나 후, 또는 휴식시간은 편지로만 만나던 사람들을 직접 만날 수 있는 좋은 기회이며, 특히 원조를 받은 나라 대표들로서는 편지로만 표현할 수 없는 감사를 직접 만나서 표할 수 있는 기회로 활용하게 마련이다.

대한적십자사로부터 통신장비를 받은 페루 적십자사 총재는 우리 대표단석에 와서 그 통신장비가 재해구호 활동에 얼마나 잘 활용되고 있는지를 설명하면서 거듭 감사를 표했고, 미얀마나 몽골 적십자사 총재도 찾아왔다. 원조를 많이 한 적십자사 대표단석은 찾아오는 사람들로 늘 붐볐으며, 원조에 상관없이 일본이나 중국 대표단과는 서로 나눌 이야기도 많이 있었다. 이렇게 이야기를 나누다가 점심시간과 연결되면 함께 식당으로 직행하게 된다.

우리 옆에 자리 잡은 북한 대표단석은 아주 대조적이었다. 우리뿐 아니라 바로 앞에 앉은 중국 대표단과도 전혀 대화를 나눌 생각을 안했다. 내가 먼저 이야기를 건네보았다.

"우리가 보낸 담요 받았어요?"

연맹 아태지역 부장 미스터 탈보트(Mr. Talbot)로부터 좋은 담요를 보내줘서 북한 사람들이 만족해한다는 말을 듣고도 물어본 내 심사가 나빴지만 그래도 담요 잘 도착했다는 말이 듣고 싶었던 것이다. 반응은 의외였다.

"담요요? 그런 말 들어본 것 같기도 하고, 못 들어본 것 같기도 하고……."

나는 더 말을 이어갈 수가 없었다. 점심시간이 되었는데도 북한 대표와 점심 먹자는 대표들은 보이지 않았다. 우리끼리만 먹으러 가는 게 뭣해서 "점심 같이 하시겠어요?" 하고 물었다. 진심에서였다. 역시 반응은 의외였다. 내 말이 끝나자 마자 기다렸다는 듯이 "점심 같이 먹으라고 지령 받았씨요?" 하고 쏘아붙이는 것이었다.

"지령이요? 점심 한 그릇 먹는데도 지령 받아야 하나요?"

하도 어이가 없어서 나는 그냥 돌아섰다. 다른 나라 사람들하고는 아무렇지도 않게 점심도 먹고 저녁도 먹는데, 왜 남북한은 점심 한 끼 같이 먹는 것도 이렇게 힘이 드는가? 참으로 답답한 일이다.

그러나 이보다 더 답답한 것은 북한의 식량 사정이다. 1995년부터 외부 세계에 알려지고 있는 식량난은 개선 조짐이 전혀 보이지 않는다. 홍수나 가뭄이 없더라도 연간 200만 톤의 식량이 부족한데 재해는 왜 해마다 닥치는지.

기운이 없어서 앉아 있지도 못하고 누워서 멍하니 쳐다보고 있는 어린아이의 사진도 사진이지만 연맹 사무총장이 북한의 한 가정을 방문하여 함께 식사하는 사진은 더욱 가슴을 답답하게 한다. 여섯 명이 호마이카 상에 둘러앉아 수저가 세 벌뿐인지 세 명은 숟가락으로, 나머지 세 명은 젓가락으로 먹고 있는데 밥그릇은 우리 나라 밥공기보다 조금 큰 그릇이다. 그릇의 절반을 조금 넘는 밥과 죽 비슷한 것을 먹고 다시 일하러 들로 나가야 한다는 사진 설명이 붙어 있는 그 사진, 하다 못해 간장 종지 하나 없는 텅 빈 그 밥상에서 나는 한참 동안 눈을 뗄 수 없었다.

귀한 손님에게는 양고기보다는 내장을 대접한다는 몽골 적십자사 관계자들과 함께(위).
최근 〈나는 한국 노래가 좋다〉라는 책을 펴내기도 한 아주 특별한 일본인
히데오 가와가미와 가수 조용필(아래).

곤니치와 ' 70(아시아지역 청소
년적십자 세미나)에서 '사랑하는
마리아' 를 부르는 한국 대표단.

오스트리아 캠프에서 통역을 맡은
게르다(Gerda)와 함께.

ICRC 교육 기간중 참가자들과 함께.
"제네바에 친구가 많아서…"라며 점심 제의를 거절한 북한 대표도 함께 사진을 찍었다.

제네바에서 함께 교육받은 몽골 대표들.
서울의 어느 택시 정류장에서 볼 수 있는 한국 사람들 같다.

1983년 제네바에서 개최된 연맹총회 회의장에서.

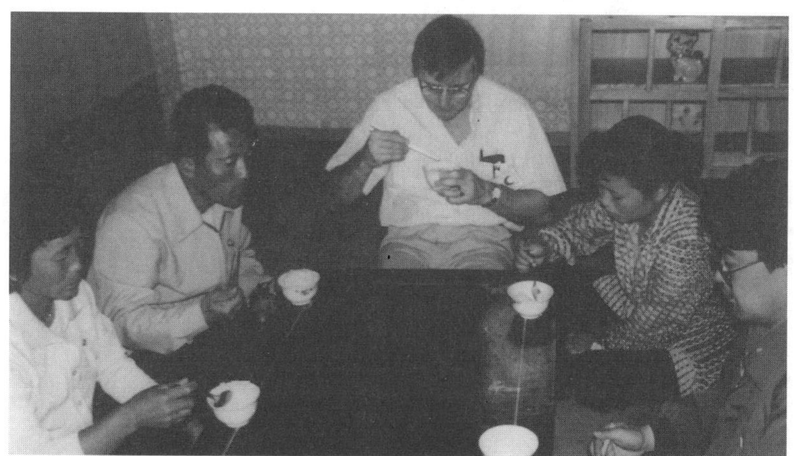

국제적십자사연맹 사무총장이 북한의 한 가정을 방문하여 함께 식사하고 있다.

미국 적십자사 방문단들에게 대한적십자사 활동 소개.

ICRC 교육 참가자들과 베른(Bern)에 있는 스위스 적십자사 방문(1994).

몽골에 청소년적십자를 조직하기 위한 지도자
강습에는 20여 명의 지도자들이 참가하였다.
몽골 청소년적십자 리플렛과 스티커, 책갈피도
후에 만들어 보냈다.

3

적십자에서 만난 사람들

국회의원도 공주도 적십자 봉사원이 되어

1984년 세계평화회의가 핀란드의 올란드(Aaland) 섬과 스웨덴의
스톡홀름에서 개최되었다. 유창순 당시 총재님을 모시고 헬싱키 공
항에 도착하니 핀란드 적십자사 봉사원이 마중나왔다. 이 중년 여인
은 따뜻하게 우리 일행을 맞이한 다음 짐을 찾는 일에서부터 시작하
여 모든 일을 도와주었다. 우리가 할 수 있다고 만류해도 손님은 가
만 있으라면서 자기 차에 짐을 실은 다음 우리 일행이 묵게 될 호텔
까지 운전했다. 호텔에 도착하자 방에까지 직접 짐을 날라준 다음
"도움이 필요하면 언제든지 전화해 주세요." 하며 명함을 한 장 주고
갔다.

나는 짐을 정리하고 옷을 갈아입다가 아까 받은 명함이 생각나서
꺼내보니 그 중년 여자 봉사원의 이름 밑에 그의 직업이 국회의원이
라고 찍혀 있는 것이 아닌가. 회기가 없는 동안은 적십자 봉사원으
로 일하는 국회의원 엘리자베스 린(Ms. Elizabeth Lene). 그가 나중에
국방장관이 되었다는 소식을 신문에서 읽었다.

본회의가 개최될 올란드 섬으로 가려면 약 40인승인 국내선을 타야 했다. 각국 대표들과 내빈 등으로 공항은 붐볐으나 모두 조용하고 질서를 지켰다. 우리 앞에 서서 조용히 차례를 기다리고 있던 신사는 개회식 때 보니 핀란드 국회의장이었다. 우리 앞에 서 있을 때 다른 사람들과 마찬가지로 손가방 하나 들고 있어 참가 대표 중 한 명이거니 하고 생각했던 것이다.

폐회식이 개최된 스웨덴의 스톡홀름. 국왕 내외가 참석한다고 했지만 금속탐지기도, 한 시간 전 입장도 없었다. 단상에는 회의 의장 등 회의 관계자들이 죽 앉았고, 국왕 내외는 우리와 함께 단하 맨 앞줄에 자리잡고 앉았다가 국왕이 축사할 차례가 되자 뚜벅뚜벅 단상으로 올라가서 아주 자연스럽게 축사를 하는 것이었다.

폐회식이 개최된 스웨덴 의사당의 의자는 특별히 고안 · 제작된 것으로 우리 국회 의사당 의자와는 비교할 수도 없이 크기가 작았으며, 등받이도 어깨보다 약간 낮은 데다가, 등을 똑바로 세우고 앉아야 앉는 면적이 제대로 나오고 만약 등을 기대면 앉는 좌석이 절반으로 줄어들어 도저히 불편해서 기댈 수 없도록 된 것이었다. 편안하게 쉬라고 만든 의자가 아니라 꼿꼿하게 앉아서 열심히 일하라는 의자인 것이다. 정말이지 우리 나라에 도입하고 싶은 의자였다.

스웨덴 왕실은 국민들에게 많이 사랑을 받고 있음을 도처에서 볼 수 있었다. 국왕의 누이동생인 스웨덴 공주는 결혼 전 매주 스웨덴 적십자사에 사무 봉사원으로 출근했다. 나중에 그는 스웨덴 적십자사 총재가 되었으며, 몇 년 전 우리 나라를 방문한 적이 있다. 전 세계에서 다섯 명을 뽑는 국제적십자 상치위원으로 입후보하면서 지지를 호소하기 위해 자매 적십자사를 방문하였던 것이다.

김포공항에서 비행기 문이 열리기를 기다리고 있을 때였다. 비행기 문이 열리면 1등석 손님부터 나오고 그 다음이 비즈니스 클래스 손님, 그리고 맨 나중에 이코노미 클래스 손님이 내리게 되는 것이 보통이다. 스튜어디스들은 성질 급한 이코노미 클래스 손님이 1등석 손님을 제치고 먼저 내리는 것을 막기 위해 비행기가 멈추기 시작하면 이코노미 클래스 손님들의 출구를 막아서서 먼저 내려야 할 손님들을 내보낸 다음 길을 터준다. 비행기 문이 열리고 1등석 손님, 비즈니스 클래스 손님이 다 내리도록 안 나타나자 나는 혹시 비행기편이나 날짜를 잘못 알고 나왔는가 하고 순간 당황했다.

이코노미 클래스 손님이 거의 다 나왔을 즈음 만누손(Magnuson) 총재가 나타났다. 부자 나라 스웨덴, 세계 10대 원조국의 하나인 스웨덴 적십자사의 총재이며 공주가 이코노미 클래스를 타고 왔다는 것은 적지 않은 충격을 주었다. 스웨덴 적십자사 총재는 프린세스 만누손(Princess Magnuson)으로 불리기보다는 미세스 만누손(Mrs. Magnuson)으로 불러주기를 원했다.

만누손 총재는 그 해 가을 제네바에서 개최된 제26차 국제적십자 회의에서 상치위원회 위원으로 선출되었다.

1994년 호주 적십자사와 호주 국방연구소 공동주최로 캔버러에서 '국제인도법의 보급과 이행'에 관한 세미나에 토론자로 참가했을 때 일이다.

캔버러 공항에 도착하니 머리가 하얗게 센 할머니 봉사원이 마중 나왔다. 나는 그보다는 내가 젊다고 생각했기 때문에 극구 사양했으나 그 분의 고집은 대단해서 기어이 자기 손으로 내 짐을 자기 차에 신고 호텔까지 데려다 주는 것이었다. 미안하기 짝이 없었다. 이튿날 세미나 개회식장에서 그를 다시 만났다. 그의 이름표에는 호주 적십자사 부총재 미세스 브리짓 오키프(Mrs. Bridget O' Keeffe)라고 써 있었다.

미얀마에서 만난 봉사원도 잊을 수 없다. 대한적십자사가 지뢰 피해자들을 돕기 위한 계획에 참여키로 하고 일차적으로 국제적십자위원회의 건의를 받아들여 미얀마를 방문하여 국제위원회가 하고 있는 정형외과센터(이곳에서는 지뢰로 팔다리를 잃은 사람들에게 의수족을 제작해주는 일과 재활훈련을 해주고 있다) 두 곳을 방문할 계획이었던 것이다.

나의 안내를 맡은 젊은 여자 봉사원은 감청색 긴 스커트와 흰 블라우스를 유니폼으로 입고 있었다. 그는 자신도 지뢰 피해자로서 주로 지뢰 피해자들을 지원하는 일을 한다고 자신을 소개했다. 지뢰 피해자들이 주로 밀림 속이나 산 속에 있기 때문에 누군가 가서 그들을 도시에 있는 국제적십자위원회(ICRC)의 정형외과센터에 데려와야 하는데 그것이 바로 그가 하는 일이었다. 그 여자는 늘 명랑했고, 자기처럼 곤경에 처한 사람들을 돕는 일에 헌신적이었다. 그는 이야기 끝에 긴 치맛자락을 들춰 허벅지부터 의족을 달고 있음을 보여주었다. 흰 양말에 샌들을 신고 긴 치마를 입고 있어 나는 그의 한쪽 다리가 의족이리라고는 꿈에도 생각지 못했던 것이다.

법인도 사람이라구요

대한적십자사는 1905년 고종황제의 칙령으로 설립되었고 상업은행(한빛은행의 전신)도 비슷한 시기에 영친왕이 은행장으로 취임하였다. 설립 연대로 보나 이씨 왕조 관련으로 보나 닮은 점이 많은 두 기관이 관계를 맺게 된 것은 한 직원의 적극적인 자세에서 시작된 것이다.

1996년 3월 본사 거래 은행인 상업은행 충무로 지점에 송금 때문에 찾아간 국제부의 김주자 씨. 송금 수속이 진행되는 것을 기다리면서 창구 직원에게 "상업은행이 적십자사의 국제활동을 지원할 수 없을까요?" 하고 물어본 데서 일이 시작되었다. 그 창구 직원 역시 "좋은 생각"이라며 의논해보겠노라고 했다.

은행에서는 우리에게 정식으로 후원 요청 공문과 함께 필요한 자료들을 요청했고, 우리의 공문과 자료들은 충무로 지점을 통해 본점에 전달되었다.

얼마 후 본점의 고객업무부에서 채우석 과장이 찾아왔다. 그는 이미 각가지 분석을 통해 시안을 마련해 가지고 왔다. 은행이 '적십자 플러스 통장'이라는 새 상품을 만들어 판매하여 얻어지는 수익금의 일정액을 적십자 국제활동에 출연한다는 내용이었다. 직원들 중 상업 은행 통장을 갖고 있는 사람들은 '적십자 플러스 통장'으로 바꾸고, 없는 사람들도 하나씩 갖도록 권유했으며, 적십자 각 기관들도 주 거래 통장을 이 통장으로 바꾸도록 권유하는 등 우리도 모처럼의 새로운 시도가 성과를 거둘 수 있도록 함께 열심을 냈다.

1996년 5월 28일 상업은행이 대한적십자사의 공식 후원 은행이 되기 위한 약정식이 본사 강당에서 있기까지, 본점의 이호현 영업추진 부장과 이연복 차장 등과 수시로 만나서 의식뿐 아니라 그밖에 상업 은행이 적십자 활동에 참여하는 방안에 관해서 의견을 나누었다. 고등학생 시절 청소년적십자 단원이었던 이 부장과는 적십자 활동의 필요성 등에 관해 더 이야기할 필요가 없었다.

'적십자 플러스 통장'은 이렇게 태어났으며, 채 과장은 수시로 실적을 알려왔다. 상업은행은 우리의 요청에 따라 각 매장에 고객들이 잔돈을 기부할 수 있도록 모금함을 설치해주었으며, 국제부가 해마다 하고 있는 국제적십자 활동 사진전을 은행에서 열어주기도 했다. 그리고 몽골이나 미얀마에 보내는 옷을 수집하는 일에도 참가하여 주요 매장에 빈 상자들을 설치하여 은행원들과 고객들로부터 받은 옷을 500여 상자나 모아주기도 했다. 이들 옷가지에는 은행에서 여행원 유니폼을 새로 바꾸면서 나오는 전 유니폼들도 포함되어 있었다. 본점에서 헌혈행사를 벌인 날, 부서별로 경쟁을 붙여 수시로 중간 집계를 발표하는 등 열성을 보이기도 했다.

이렇게 일을 함께 하면서, 또한 무릎이 닿을 만큼 좁은 방에서 매운탕 한 그릇씩 나누면서 우리는 인간적으로도 가까워졌다. 그들의 열성만큼 적십자에 대한 기여도 컸다. 전국적으로 모은 동전들은 5,000만 원 가까이 되었으며, 첫 해에 '적십자 플러스 통장'을 통한 출연금은 2억 원 가량 되었다. 우리는 힘도 안 들이고 큰 돈이 들어온 것에 너무나 황송한데 은행 사람들은 3년 만기 적금이 끝나는 3년 후에는 더 많이 들어올 것이라며 오히려 금액이 많지 않음을 미안해했다.

우리는 상업은행에서 들어온 돈은 따로 모았다가 캄보디아나 방글라데시의 혈액사업 또는 네팔의 안과진료센터 건립 등에 사용할 계획이었다. 현장에 은행 관계자들과 함께 가 그들이 기여한 돈이 어떻게 쓰이는가를 보여주고 싶었다.

그들은 어떻게 보면 적십자인들보다 순수해 보였다. 우리도 어떻게 하든 감사의 뜻을 전하고 싶은데 하다 못해 매운탕 한 그릇도 장사하는 자기네들이 내야 한다고 고집을 피웠다.

그러던 중 창립 기념일이 다가오면서 각 부별로 유공 인사를 추천하라는 연락이 왔다. 두 번 생각할 것도 없이 상업은행을 추천했다. 그런데 문제가 생겼다. 총무부 담당자 이야기가 그간 개인에게만 상을 주었기 때문에 상업은행 이름으로 말고 은행장에게 주면 안 되겠느냐는 것이었다. 상업은행에 전화를 했더니 정지태 당시 은행장은 개인이 받을 수는 없으니 은행 이름으로 받았으면 좋겠다는 것이다. 이를 어쩐다? 문득 떠오른 생각. 당장 총무부로 달려갔다.

"법인(法人)의 인이 사람 인자란 말예요. 그러니까 법인도 사람이란 뜻이죠. 그러니까 상업은행을 추천하는 데 아무런 하자가 없단 말이죠, 그렇죠?"

나도 잘 모르는 이론을 빠른 어조로 늘어놓자 담당자는 그렇다, 아니다 말도 못하고 어리둥절한 표정으로 서서 나를 쳐다보고 있는 동안 그 방을 나왔다. 그러고 나서 얼마 후 상업은행이 결정되었다. 법인도 사람이라는 이론이 받아들여진 모양이다.

1997년 10월 27일 대한적십자사 창립 기념식 날 적십자 봉사장 금장을 당시 미국을 방문중인 정지태 은행장을 대신하여 배찬병 전무가 상업은행 대표로 수상하였다. 양재동 교육문화회관까지 상업은행의 관계자들이 20여 명이나 참석해주었다. 여간 고마운 일이 아니다. 이호현 부장은 본사가 준 메달, 영광스러운 메달은 상업은행 본점이 완공되면 가장 좋은 곳에 보관해둘 것이라며 감격해했다.

그 후 나는 본사를 떠났고, 상업은행도 한일은행과의 합병, 구조조정 등 시대적인 아픔을 겪으면서 많은 사람들이 은행을 떠났다. 나는 국제부 직원들을 만나는 일이 있어도 한빛은행과 계속해서 잘 협조가 되느냐고 묻지 못한다. 잘되고 있거니 하고 생각하는 것이 속이 편하기 때문이다. 혹시 "그게 말입니다…" 하면서 나오는 설명이 전과 같지 않다는 사실 자체뿐 아니라 긴 시간은 아니었어도 기분 좋게 함께 일했던 기억마저 망가뜨릴까 두렵기 때문이다.

'얄딸딸'과 '헬렐레'

내가 국제부장으로 있는 동안 국제부에서 함께 일한 봉사원들이 여러 명 있었다. 외교관 아들로 외국에서만 살다가 와서 한국말이 영 서툰 청년도 있었고, 주한 미군 장성 아들도 있었으며, 서울대학교에 교환학생으로 와 있던 재미교포 여학생도 있었다.

짧게는 몇 달에서부터 길게는 몇 년씩 그들과 국제부에서 함께 일했다. 바쁜 일상 중에도 한국인의 서툰 한국말 때문에 웃기도 하고, 외국인이 한국말을 너무 익숙하게 하여 웃을 때도 있었다.

외교관 아들이었던 그 청년이 첫날 봉사원 카드를 기록하다 말고 고민에 빠져 있길래 왜 그러는가 하고 봤더니 '연령'이라는 말을 몰라서 못 쓰고 있었던 것이다. '나이'라고 했으면 문제가 없었을 것을,

외국인이 한국말을 너무 잘하는 경우는 빅스(Mr. Allan Biggs) 씨의 경우이다. 한국에 30년 가까이 살아서 한국말을 아주 잘하는 빅스 씨는 최고참 봉사원으로 국제부에서 계간으로 내고 있는 영문 뉴스레터의 원고 쓰는 것부터 편집에 이르기까지 도맡아서 했으며, 중

요한 서한을 기안하곤 했다.

어느 10월 휴일에 인덕원 부근에 있는 그의 집에 국제부 직원들이 모두 놀러 간 적이 있다. 뒷산에 올라갔다가 내려오면서 보리밥 집에 들렀다. 산채나물을 넣고 비빈 보리밥은 여간 맛있는 것이 아니었다.

식사에 곁들여 주문한 동동주를 마신 직원 한 명이 "동동주 한 잔에 알딸딸하네." 하고 말하자 빅스 씨는 "알딸딸이 무슨 뜻이죠?" 하고 물었다. 한순간 그 뜻을 설명할 적당한 영어 단어가 생각이 나지 않아 얼른 대답을 못하고 있으니까 눈치 빠른 빅스 씨는 "그러면 알딸딸이 헬렐레와 어떻게 다르지요?" 하고 물었다. 헬렐레란 단어를 알고 있다면 설명하기가 쉬워진다. 그래서 "알딸딸은 헬렐레 바로 전 단계"라고 답하자 "아, 알았어요(Oh, I see.)." 해서 우리는 함께 큰 소리로 웃었다. 그는 맥주집에서 "아주머니, 여기 맥주 한 병 더 주세요. 시원한 걸로." 하며 누구의 도움이 없이 주문도 잘한다. 사실 한국말은 그의 아들이 더 잘한다. 말소리만 들어서는 도저히 외국인이라고 생각할 수 없을 정도이다.

빅스 씨는 늘 적십자 일에 적극적이었다. 국제 구호성금을 위해 한국에 있는 외국인들을 동원하여 걷기대회를 여러 번 주관했으며, 1년에 한차례씩 하는 을지훈련 중 본사 이전 계획을 수립할 때뿐 아니라 평소에도 만약 본사 건물이 전쟁으로 폭격을 맞거나 부득이 비워야 할 경우 자기 집을 국제부에 내주겠다고 이야기하곤 했다. 국내에서 적십자 일을 돕는 것뿐 아니라 해외에 적십자 요원으로 국제 구호에 직접 참여하는 데도 관심이 많았다. 그러기 위해서는 국제 구호요원 교육을 받아야 하는데 1999년 10월까지 기다릴 수가 없어서(빅스 씨는 성질이 아주 급하다) 6월에 일본에 가서 그 교육을 받고, 그 해 9월에 적십자 국제 구호요원으로 일하기 위해 방글라데시로 떠났다. 힘든 상황에서도 그는 18개월 간의 임무를 잘 끝내고 작년 11월에 귀국했다.

지구상 어느 곳에서든지 부르면 당장이라도 달려갈 태세인 빅스 씨. 1995년 5월 서울 세종문화회관에서 라이프치히 게반트하우스 오케스트라(Leipzig Gewandhaus Orchestra) 연주시 내가 쿠르트 마주르(Kurt Masur)의 지휘를 보며 순간적으로 빅스 씨가 언제 지휘자가 되었지? 하고 착각할 만큼 빅스 씨와 쿠르트 마주르는 닮아 있었다. 외모도 그렇고, 내재된 엄청난 힘도 그렇게 느껴졌다. 일에 대한 순수한 열정은 언제, 어디서나 참 아름답다는 생각이 들었다.

성경책을 사이에 두고 자면 되잖아

필리핀 적십자사와 대학생 교류 프로그램을 갖기로 한 첫 해에 10명의 대학생을 선발하고 단장으로 당시 청소년적십자 자문위원이신 이영덕 박사가, 사무직원으로 내가 따라가게 되었다.

도착해보니 이 박사와 나를 한 방에 배정한 것이었다. 이영덕 박사와 이인호 박사 두 분이 함께 참석한 1975년도 청소년적십자 지도자 세미나에 필리핀 대표로 참가했던 필리핀 적십자사 청소년부장이 이영덕 박사와 이인호 박사를 혼동했던 것이다. 이영덕 박사님께서 "나는 괜찮아, 성경책을 둘 사이에 두고 자면 되잖아." 하셔서 셋이서 또 한바탕 웃고 나서 나는 다른 곳으로 옮겨갔다.

고혈압인가 당뇨약인가, 아니면 둘 다인가를 드시는 것을 본 장모님께서 "장로가 신·구약이면 되지 무슨 약을 그렇게 먹어?" 하신 것을 보면 이영덕 박사님보다 그 장모님 신앙이 더 좋으셨던 것 같다.

어느 해인가 고난주간이었다. 이영덕 박사님이 원고를 쓰시다가 냉면이나 먹자며 전화하셨다. 이 박사님 단골집인 을지로 4가의 '우래옥.' 지금은 빌딩으로 개조했지만, 전에는 오래 된 한옥에 이 박사님이 가시면 내주는 조그만 방, 네 명이 상에 둘러 앉으면 꽉 차는 방에서 소금구이와 냉면을 맛있게 먹었다.

"이 박사님, 고난주간에 이렇게 맛있게 먹어도 되는 건가요?"

내가 우스갯소리로 이렇게 말하자 이 박사님께서는,

"원고는 써야 하는데 써지지는 않고, 이럴 때 겪는 고통은 예수님의 십자가 고통만큼은 아니라도 큰 고통임에 틀림없다."

고 받으셨다. 그리곤 물김치를 냉면에 부어서 정말 맛있게 드시는 것이었다.

이렇게 우리는 적십자 회의실뿐 아니라 냉면집에서, 테니스장에서, 산보길에서 많은 이야기를 나누었다.

다른 적십자사들도 다 부러워할 만큼 쟁쟁한 자문위원들은 사무국에 큰 힘이 되었다. 강의와 원고는 물론 직원들의 연구 발표에도 참석하여 일일이 평을 해주었으며, 서울대학교 교정에서, 이천의 유네스코 청년원에서, 여러 차례에 걸친 자유토론 끝에 나온 《청소년 적십자 활동지침》, 국제적십자운동의 기본 이념과 청소년적십자가 처한 오늘날의 상황, 그 안에서 조직과 활동 방향을 어떻게 잡아야 할 것인가 하는 분명한 제시는 요즈음에 읽어도 도움이 된다.

육영수 여사와 은방울꽃

수요봉사는 매주 수요일마다 장·차관 부인들과 주한 외교사절 부인들이 적십자사 강당에 모여 봉사활동 하는 것으로 아주 오랜 전통을 가진 적십자 봉사활동이다. 일전의 고급 옷 로비사건으로 한동안 쉰 적도 있으나 봉사활동 본질에 잘못이 없는 한 그런 일로 그만둔다는 것은 수학여행 가던 버스가 사고났다고 그 후로 수학여행을 금했던 문교부 정책과 무엇이 다른가.

수요봉사를 본사 강당에서 하지 않고 서대문 네거리에 있는 적십자병원 강당에서 한 적도 있었다. 박정희 정권 시절 육 여사는 직접 헌혈도 하고, 수요봉사에도 자주는 아니지만 나왔다. 대통령 영부인이 수요봉사에 나오는 날이면 소방차와 구급차까지 대기하고 있고 수요봉사를 하는 강당이 있는 본사 구관에서 근무하는 직원은 오후에 출근하라고 하는 요즈음과는 비교할 수도 없이, 육 여사는 조용히 봉사하고 갔다. 다른 사람들을 번거롭게 하는 것을 극도로 싫어했던 육 여사는 병원에서 그가 다녀갔다는 사실을 아는 사람이 별로 없을 정도로 도착하기 30분 전에 여비서를 보내 알리는 것이 전부였다.

어느 날 육 여사는 홈 드레스 같은 긴 원피스를 입고 나타났다. 두 시간 봉사하면서 중간에 차까지 마신다고 육 여사는 나무랐지만 중간의 티 타임은 봉사원들 서로가 사귈 수 있는 좋은 시간이었다. 육 여사의 옷을 보고 어떤 외국 대사 부인이 참 좋다고 하자 육 여사는 수줍은 듯 그러나 또박또박 동대문시장에서 샀으며 아주 값이 싸다고 영어로 대답했다.

동대문시장에서 산 옷을 입고 한국에서 둘째 가라면 서러워할 만큼 세련된 장·차관 부인들과 외교사절들 가운데 앉아 있는 대통령 부인은 어찌 된 연유인지 그 수수한 아름다움과 품위로 그 자리에 함께 앉은 다른 모든 사람들을 압도하고 있었다.

국가재건최고회의 의장 부인 시절 육 여사는 한국 걸 스카우트 창립 축하 리셉션을 미국 대사관저에서 하는 것을 보고, 대통령 부인이 된 후 걸 스카우트 명예총재 자격으로 직접 주관해서 해주었다.

경회루에서 리셉션이 있는 날 육 여사는 녹색 치마에 흰 저고리를 입고 입구에서 손님들을 일일이 맞고 있었다. 적십자사에 들어오기 전 걸 스카우트 간사로 일했던 나는 그날 사진을 담당했기 때문에 비교적 가까이서 육 여사를 볼 수 있었다. 육 여사는 테이블 주위를 돌면서 그곳에 꽂혀 있던 은방울꽃을 집어들고는 손님들에게 몇 송이씩 나눠주는 것이었다. 나는 사진 찍는 것을 한동안 잊고 그 장면을 그냥 서서 바라보고 있었다.

지금도 육영수 여사는 가장 아름답고 품위 있는 여인으로 내 마음 속에 자리잡고 있다.

엄마 닮았네

에스키모에게 냉장고 팔고, 열사의 아프리카인들에게 털 담요를
판다는 상사 직원들은 우리 나라와 국교가 없는 공산국가에 먼저 들
어가 교류를 튼다. 이들이 공산권인 헝가리를 뚫고 들어갔을 때 이
들을 맞이한 사람은 뜻밖에 한국인 여성이었다.

이제는 중년을 넘긴 이영숙 씨. 대학병원 간호사였던 이영숙 씨가
한국전쟁 중 가족과 헤어졌을 때 나이는 22세였다. 그는 전쟁통에
헝가리에까지 흘러갔다. 그곳에서 헝가리인과 결혼하여 안정된 생
활을 하고 있었으나 그를 한시도 놓아주지 않는 것은 이제는 소식을
알 수 없는 어머니에 대한 그리움이었다. 그래서 그는 한국에서 상
사 직원이 입국한 것만 알면 찾아가서 열심히 통역도 해주고, 밥도
지어서 날랐다.

한국 레슬링 선수단이 왔을 때도 그는 열심히 쫓아다니면서 그
뒷바라지를 했다. 상사 직원들이나 운동선수들이 헝가리를 떠나면
서 그에게 감사 인사를 하면 그는 그들에게 간절한 소망을 털어놓

는 것이었다. 한국에 아직도 어머니가 살아 계신지 알아봐달라는 것
이었다.

이영숙 씨의 부탁을 받고 귀국하여 적십자사를 찾아온 상사 직원
은 헝가리에서 이영숙 씨를 만난 것을 이야기하면서 이영숙 씨가 준
그의 어머니의 이름과 정확치 않은 나이를 적은 쪽지를 내밀며 거듭
도움을 요청했다.

우리가 그의 어머니의 이름과 나이 아래위로 3년 정도 되는 사람
을 치안본부에 의뢰해서 명단을 받으니, 같은 이름의 할머니들 중
84~86세가 10여 명이었다. 이들에게 곧 엽서를 띄웠다. 한국전쟁 중
스물두 살 된 간호사 딸과 헤어진 분은 연락을 주시라고. 며칠 후 은
평구 신사동에서 전화가 왔다. 이영숙 씨의 어머니를 찾은 것이다.

이제 우리가 할 일은 국교가 없는 헝가리에서 살고 있는 이영숙 씨
가 한국을 방문할 수 있도록 주선하는 일이다. 다행히 정부는 협조적
이었다. 우리는 제네바에 있는 국제적십자위원회(ICRC)에 이영숙 씨
건을 알리고 협조를 요청하는 한편, 헝가리 적십자사에 이영숙 씨가
85세의 어머니를 만날 수 있도록 도와줄 것을 호소하는 편지를 냈다.
고맙게도 국제적십자위원회도 적극 나섰다. 여러 차례의 편지와 텔
렉스가 오고간 뒤에 마침내 헝가리 정부로부터 여행 허가가 났다.

김포공항에 도착한 이영숙 씨는 37년 간 그토록 그리던 어머니를
만났다. 부둥켜안은 두 모녀의 얼굴은 정말로 똑같았다.

1988년 회의 참석차 헝가리를 방문했을 때 이영숙 씨 건으로 편지
를 주고받던 헝가리 적십자사 심인사업 담당자를 만날 수 있었다.
호텔 식당에서 국 퍼주던 남자, 앞치마 위에 기다란 행주 하나를 늘
어뜨리고 크림 스프 떠줄 때마다 그 행주로 쓱 닦아주며 마음씨 좋

게 웃던 그 남자처럼 그는 일주일 내내 나를 참 편안하게 해주었다.

화가인 이영숙 씨는 그후에도 두어 번 한국을 다시 방문하여 작품 전시회를 개최하기도 했다.

58년 만의 방한

적십자사에서 일하면서 보람 있었던 일 중에 국교가 없던 나라의 적십자사를 통해 사람을 찾아준 것을 들 수 있다.

1931년 일제치하에서 유동주 소년이 어떤 경로를 통해서 폴란드까지 가게 되었는지는 설명을 들을 기회가 없었다. 그는 폴란드에서 의학 공부를 하여 유명한 의사가 되었으며, 폴란드 여성과 결혼하여 살고 있었다.

1987년 12월 유동주 박사는 폴란드 대표로 미국에서 개최되는 세계의학회의에 참석하기 위해 부인과 함께 워싱턴을 방문했다. 그는 그 회의에 참가하고 있던 한국 대표에게 자신이 기억하고 있는 숙부, 사촌들의 이름을 써주면서 찾아봐줄 것을 부탁했다. 이 한국 대표는 귀국 후 유동주 박사의 일가 친척을 찾기 시작했으며, 사촌을 찾을 수 있었다.

어느 날 유 박사의 사촌은 적십자사에 찾아와서 유동주 박사가 한국을 방문할 수 있도록 도와달라고 요청했다. 그 당시 정부는 국교는 없어도 적십자사가 적성 국가에 살고 있는 사람을 수소문해서 찾는 일과 초청하는 일에 협조적이었다.

그 이듬해 1월 우리는 우선 이런 일을 적극적으로 지원하고 있는 중립적 중재기구인 국제적십자위원회(International Committee of the Red Cross—ICRC)에 이 사실을 알리고 협조를 요청하는 서한을 보냈으며, 폴란드 적십자사에는 유동주 박사가 한국을 방문하는 데 어려움이 없도록 협조해줄 것을 요청하는 총재 명의의 간곡한 서한을 보냈다. 국제적십자위원회와 폴란드 적십자사 모두 이 문제에 적극적으로 나섰다.

여러 차례 편지가 오고간 끝에 마침내 유동주 박사는 58년 만에 한국땅을 밟을 수 있었다. 감사 인사차 총재를 방문한 유동주 박사는 키가 크고 등이 꼿꼿한 신사였다.

놀라운 것은 58년 만에 한국을 찾았다는 것이 전혀 믿어지지 않을 만큼 그는 한국말을 잘했다. 폴란드 여인과 결혼해서 살면서, 폴란드 사회에서 의사로 성공하기까지 폴란드 말만 썼을 그가 어떻게 그렇게 한국말을 자연스럽게 할 수 있을까. 나중에 기회를 봐서 그의 한국말 실력에 대해서 물어보았다. 그는 서슴지 않고 이렇게 대답하는 것이었다.

"언제고 한국땅을 밟을 수 있을 때를 위해 지난 58년 간 하루도 거르지 않고 혼자서 한국말을 공부하고 연습했습니다."

우리는 가슴이 찡했다.

그가 귀국한 지 2개월 후 신문의 1단 기사에 내 시선이 멈추었다. 유동주 박사의 사망 기사였던 것이다.

본사를 방문했을 때 그 오랜 세월과 나이를 가늠할 수 없을 만큼

보기 좋았던 신사 유동주 박사의 사망에 대해 한동안 생각에 잠기지
않을 수 없었다.

　인간이 어떤 목표를 가지고 오랜 세월 살다가 그것이 성취되면 자
신을 지탱하던 바람과 긴장이 한꺼번에 풀리면서 건강을 해칠 수도
있다지만 한동안 유동주 박사의 죽음이 믿어지지 않았다.

　고인의 명복을 빈다.

인사동을 좋아한 사람

안 뀌지네(Ms. Anne Cusinay)를 처음 만난 것은 1994년 제네바의 국제적십자위원회 회의실에서였다. 당시 그는 외자부(External Resources Department) 직원으로서 회의실에 둘러앉은 각국 국제부장들 뒤에 다른 직원들과 함께 자리잡고 앉아 있었다.

국제구호 현황과 전략에 관한 회의장에서 신참인 나에게는 모든 것이 새로웠다. 그는 내가 궁금해하는 것을 참으로 성의 있게 답변해주었다. 오전 회의가 끝나고 점심시간에는 아예 내 옆에 자리잡고 앉아 보충 설명과 아울러 대규모의 원조를 하고 있는 선진국 적십자사와는 달리 이제 국제구호에 관심을 갖고 참여를 늘려가려고 하는 한국 대표에게 현재 큰 돈 안 들이고도 참여할 수 있는 중소형 프로젝트들을 한 가지씩 설명하면서 한국의 참여를 권했다.

엄청난 금액이 아니라도 참여할 수 있다는 이야기는 고무적이었다. 대한적십자사가 2년에 걸쳐 미얀마에 있는 지뢰 피해자들에게 의수족 제작비를 지원하게 된 것은 이렇게 나란히 앉아서 이야기가 오고가면서 성사가 된 것이다.

그는 일년에 두 차례 열리는 지원국 회의 때마다 우리가 참여한 프로젝트의 진척 사항과 전망, 그리고 새로운 프로젝트를 알려주었다. 일에 있어서는 철저했지만 개인적으로 우리는 친구가 되어 있었다. 어느 날 그는 자기 집으로 저녁 초대를 했다.

조용한 주택가에 자리잡은 그의 집은 그의 인상만큼이나 깔끔하게 정돈되어 있었다. 그 중에서 나의 눈을 끈 것은 한국 고가구였다. 내가 놀라는 표정을 짓자 그는 지난번 한국을 방문했을 때 인사동에서 샀다고 했다. 일 끝내고 한가롭게 인사동 거리를 걷다가 고가구 파는 가게가 눈에 띄길래 들어가서 샀다는 것이다. 제네바에서도 어쩌다가 한국 고가구를 컨테이너로 실어다가 파는 경우가 있기는 하지만 너무 비싸서 살 엄두도 못 냈는데 그날 적당한 값에 제네바까지 수송해준다고 하는데 어떻게 안 살 수가 있겠느냐고 하면서, 사실 그날 돈을 지불하면서도 약속처럼 가구들이 손상을 입지 않고 제때 올 수 있을까 하고 염려가 되었지만 믿고 기다리기로 했다는 것이다. 정말 약속된 날짜에 조금의 손상도 없이 가구가 잘 도착해서 얼마나 기뻤는지 모르겠다고 했다.

그 가구들이 한국 집보다도 그의 스위스 집에 왜 더 잘 어울리는지 지금도 알 수가 없다. 그 가구는 그 집의 일부로 마치 오래 전부터 그곳에 자리잡고 있었던 것처럼 보였다.

김주자 씨가 연맹에 파견 직원으로 제네바에 살고 있을 때 그를 집에 초대해서 같이 밥을 해먹은 적이 있다. 그의 집에 비하면 아주 좁고 식탁에도 셋이서 겨우 끼어 앉을 정도였지만 마음 편하게 식사를 했다. 식사를 마치고는 마룻바닥에 담요를 깔고 앉아서 벽난로에서 타는 불을 바라보며 우리는 많은 이야기를 나누었다.

그 순간만은 그가 스위스인이고 우리는 한국인이라던가, 서로의 성장환경이나 배경이 다르다던가 하는 것을 전혀 느낄 수 없었다. 그는 일을 처리하는 데 빈틈이 없으면서도 개인적으로는 그럴 수 없이 좋은 친구이다.

스위스인과 한국인이 이렇게 잘 맞는 것이 한국 고가구가 스위스 집에 썩 잘 어울리는 것과 무관하지 않다는 생각이 든다.

호쾌한 명연사

의령 총기난동 사건의 책임을 지고 총리직을 떠난 유창순 총재님은 적십자사에 오신 것을 흡족해하셨다. 다 짜여진 스케줄에 따라 움직이는 총리직보다 적십자 총재 하는 일이 더 좋다고 하셨다.

1983년 제네바에서 개최된 국제적십자사연맹 총회와 1984년 핀란드에서 열린 세계평화회의, 그리고 1985년 호주의 멜버른에서 열린 제3차 아태지역 적십자 총회에 총재님을 모시고 다녀오면서 나는 총재님을 많이 존경하고 좋아하게 되었다.

특히 제네바에서 열린 연맹 총회장에서의 총재님 연설은 인상적이었다. 각국 대표들의 연설은 끝없이 계속되고 총재님 차례가 되었을 때는 이미 저녁 8시가 넘어 지루해진 각국 대표들 중에는 회의장 밖으로 나가서 담배 피우는 사람, 회의장 의자를 아예 돌려놓고 뒷사람과 잡담하는 사람 등 장내 분위기는 어수선하기 짝이 없었다.

KAL기 격추에 대한 항의 연설이 시작되자 순식간에 회의장은 물을 끼얹은 듯 조용해졌다. 밖에 나갔던 사람들도 회의장 안이 갑자기 조용해지니까 무슨 일인가 하고 다 들어와 자리에 앉아서 총재님의 연설을 경청했다.

총재님의 부드럽고 풍부한 성량에 분명한 발음의 영어 연설은 다 끝날 때까지 아무런 방해를 받지 않았으며, 총재님의 연설이 끝나자 항의 발언을 하려는 소련 대표단의 목소리는 참석자들의 힘찬 공감의 박수소리에 묻혀버릴 수밖에 없었다.

총재님은 발음과 억양, 목소리만 좋은 것이 아니다. 사무실에서 신문 속에 넣어서 배달되는 광고지들을 모아두었다가 그 뒷면에 적어서 주시는 편지나 연설문의 문장들은 아무나 흉내내기 어렵다.

핀란드에 갈 때는 시차도 적응할 겸 파리에서 하루 묵고 가기로 했다. 새벽에 파리 공항에 도착하여 우리는 택시를 타고 예약해놓은 호텔에 들었다.

총재님 내외분은 중국 음식을 좋아하셨다. 파리 안내문과 지도를 펴놓고 식당을 고르는 일은 사모님 몫이었다. 총재님께서는 당시 과장이던 나의 출장비가 적은 것을 걱정하시면서 출장 기간 내내 식대를 대신 내주셨다. 식당에 자리잡고 앉아 음식을 주문하는 것은 총재님이 하셨다. 젓가락 넣었던 길다란 종이를 펴서 각기 먹고 싶은 것을 적어서 주문 받으러 온 사람에게 주셨다. 총재님은 한국 사람들이 너무 성질이 급해서 주문해놓고 가만히 기다리지를 못하는 것이 흠이라면서 이번 여행기간 동안 우리만이라도 참고 기다려보자고 하셨다. 그러나 웬걸. 얼마 안 가서 별수없이 독촉하는 자신들의 모습에 웃지 않을 수 없었다.

핀란드에 도착하여 회의가 시작되자 한국에 홍수가 발생했다는 기사가 지붕까지 물이 찬 집들과 물에 둥둥 떠 있는 자동차 사진들과 함께 현지 신문에 대대적으로 보도되었다.

1971년 이스탄불에서 개최된 제21차 국제적십자회의에서 채택된 적십자 국제구호 원칙과 규정에 따라 재해국이 받겠다고 할 때만 원조할 수 있기 때문에 연맹 사무총장은 유 총재님께 와서 원조를 받겠느냐고 물었다. 우리는 서울에 전화를 걸고 원조를 요청하랴 하고 물었다.

당시 조철화 사무총장은 우리 힘으로 할 수 있을 것 같으니 요청하지 않아도 된다고 말했다. 조 총장은 원조를 거절했다고 당시 보사부장관한데 혼이 났다지만, 원조를 받는다는 것이 그리 유쾌하지 않은 일인데, 현지에서 직접 체험해보지 않은 사람으로서는 그럴 수도 있었을 것이다.

거의 같은 시기에 홍수가 발생한 필리핀의 적십자사 총재는 연맹 사무총장의 원조수락 여부 질문에 원조를 받겠다고 했다. 매 시간 연맹 사무총장의 원조 호소에 많은 나라들이 즉석에서 손을 들고 원조 액수를 말할 때마다 필리핀의 퇴역장군 출신인 할아버지 총재가 구부정한 몸을 일으켜 고개 숙여 감사 인사를 하는 것이 그렇게 불쌍해 보일 수가 없었다.

원조를 안 받아도 된다는 사실에 우리는 기분이 좋았다. 그러나 연일 계속되는 언론 보도에 연맹 사무총장은 정말 원조 안 받아도 되겠느냐고 여러 번 총재님께 물었지만 우리는 필요없다고 대답했다.

요즈음은 달라졌을지 모르나 그 당시 북한 대표들은 한국 대표단이 누구와 무슨 이야기를 하는가에만 관심을 갖고 있어 우리 대표단이 움직이는 곳이면 어디든 그림자같이 따라다녔다. 그들이 연맹 사무총장의 원조 제의를 우리 총재님이 매번 거절하는 것을 바로 뒤에서 들었던 것이다. 북한 대표들은 본국에 보고하면서 남한 수재민을 위하여 엄청난 양의 원조를 제안하면 남한은 필요없다 할 것이고, 그러면 북한은 생색도 나고, 동포애를 무시하는 처사라고 비난할 거리도 되지 않겠느냐고 제안했을 것이다.

내 추측이지만 이것은 사실일 것이라고 믿는다. 북한의 예측과는 달리 그 엄청난 양의 원조를 남한이 덜컥 받겠다고 그랬다. 남한은 꼭 그 물자가 필요해서가 아니라 물자를 받는 절차 등을 협의하면서 자연스레 남북한 적십자 대표들이 오래간만에 다시 만날 수 있으면 이산가족 문제도 다룰 수 있지 않겠느냐는 생각에서였다.

쌀 5만 석과 시멘트 10만 톤, 옷감 50만 미터, 그밖의 약품들은 그해 9월 29일부터 10월 4일까지 판문점뿐 아니라 동해항과 인천항을 통해서 들어왔다. 전달과정을 지켜보기 위하여 제네바에서 국제적십자사연맹 대표가 판문점을 방문했다. 그는 아주 효율적으로 잘 진행되고 있는 것에 만족을 표하면서도 한국의 언론보도에 대한 불만을 솔직하게 털어놓았다. 요지는 이렇다.

의도야 어찌 되었든 없는 살림에 물자 걷어서 보냈으면 겸손하게 고맙다고 할 일이지 트럭이 고물이니, 운전수들이 똑같은 운동화를 신었느니, 아이스크림을 허겁지겁 먹느니, 쌀이 묵은 쌀이라느니, 시멘트가 질이 나쁘다느니 하고 말하는 것은 너무하지 않느냐는 것이었다.

판문점 도착 첫날 트럭 운전사들의 운동화만 사진 찍어서 낸 신문보도에 두번째 날부터 운전사들이 아예 트럭에서 내릴 생각을 안하고 있는 것을 보면서 나는 아무 대꾸도 못했다.

그 후 예상대로 남북한 대표들은 12년 만에 서울에서 다시 만났으며, 남북 이산가족 고향방문단이 예술단과 함께 최초로 서울과 평양을 각각 방문할 수 있었다.

유 총재님은 결석으로 병원 신세를 가끔 지셨던 것으로 안다. 적십자사 총재로 취임하신 후 신장결석 수술을 받게 되었다. 주변에서는 서울대학교 병원에서 주치의의 수술을 받으셔야 한다고 주장하는 사람이 많았으나 총재님께서는 적십자사 총재로서 어떻게 적십자병원을 놔두고 서울대학교 병원에 가서 수술을 받겠느냐면서 다른 대형 병원에 비해 시설이 떨어진 적십자병원에서 수술을 받으셨다.

수술받는 동안 대학 병원의 주치의가 내내 옆에서 지켜보았다. 유 총재님은 본인만 적십자병원을 이용하신 것이 아니라 주변의 사람들에게도 적십자병원을 이용할 것을 권유하셨다.

몇 년 후 유엔 난민 고등판무관(UNHCR)이 본사를 방문했을 때 그의 요청에 따라 초청된 유 총재님을 다시 뵐 수 있었으며, 그로부터 다시 몇 년 뒤 김포공항에서 아들을 전송 나온 총재님 내외분을 다시 뵐 수 있었다.

유 총재님은 막내아들을 결혼시키시면서 가족과 아주 가까운 인사 합쳐서 50명만 초청하여 조용히 치렀다는 이야기를 후에 들었다. 물론 축의금도 화환도 일체 없었다는 이야기다. 국무총리와 전국경제인연합회 회장까지 지낸 분이 그렇게 하기 쉽지 않았을 것이다.

귀엽게만 보였던 그 막내아들은 이제 아버지보다 더 훤칠한 장부가 되어 있었다. 런던으로 향하는 밤 비행기 몇 줄 앞에 앉은 유 총재님의 막내아들은 런던에 도착하기까지 내내 책을 읽고 있었다. 훌륭

한 아버지 밑에 자란 아들이라 역시 다르구나 하는 생각에 내심 흐
뭇했던 기억이 난다.

농담도 꾸중도 유쾌하게

늘 웃는 얼굴에 농담을 잘하시는 강영훈 총재님은 국제적십자 사회에서 인기가 좋았다.

푯대 둘을 세워두고 자신이 공처가라고 생각하는 사람은 오른쪽에, 아니라고 생각하는 사람은 왼쪽에 서라는 원님의 말씀에 다 공처가 쪽에 모였는데 한 명만 아니라는 쪽에 섰길래 원님이 "우리 시대 남자들 중 유일하게 공처가가 아닌 사람이로군." 하고 부러움이 섞인 칭찬을 하자 그 사람은 "오늘 아침 집을 나설 때 마누라가 사람 많이 모이는 곳에 가지 말라고 그래서 많이 모인 그쪽에 안 서고 여기 섰습니다요"라고 대답했다는 진짜 공처가의 이야기는 누구나 좋아했다.

정치적 이슈로 1996년 9년 만에 국제적십자회의가 열리자 저마다 이번 회의만은 어떻게 해서라도 도중에 결렬되는 일 없이 무사히 진행되기를 바랐으며, 특히 회의 의장은 어떤 정치적 발언도 차단하겠다고 몇 번이나 강조했다. 그래서 심지어 구 유고사태 중 있었던 명

백한 국제인도법 위반 사례 등을 거론하는 것까지도 중단시켰다.

각 나라 수석대표에게만 배포된 북한 적십자회의 사업보고서를 보신 강 총재님은 그 내용에 대한 반박 발언을 하라고 하셨다.

그 내용은 "어떤 정부는 전쟁이 끝난 지 오래 되었으나 포로를 돌려 보내지 않고 있다"는 것이었다. 어떤 정부(certain government)는 대한민국이고 돌려 보내지 않고 있는 포로는 미전향 장기수인 것이었다.

내가 총재님께 지금 전체적인 분위기상 대한민국이라고 지칭하지도 않았는데 나서서 반박할 필요가 있느냐고 말씀드리자 총재님은 몹시 화를 내셨으며, 통일부 파견 직원까지 덩달아 나를 윽박질렀다.

총재님이 감기 기운도 있어서 호텔로 돌아가신 후 나는 말을 부드럽게 다듬어서 매우 일반적인 이산가족 문제를 거론하면서 회원사들의 협조를 당부했다. 아니나 다를까. 이렇게 원칙적인 발언을 했는데도 발언이 거의 끝나갈 무렵 사회자의 일차 경고를 받았다. 만일 총재님 말씀대로 했다면 단상에까지 올라가서 발언 시작하자마자 내려와야 했을 것이다.

회의가 끝난 후 총재님께 회의 보고를 하러 갔더니 화가 다 풀리신 것 같아 보였다. 또 여러 사람 앞에서 꾸중한 것이 몹시 마음에 걸리셨던지 여러 번 해외 출장 모시고 갔어도 통 선물이라는 것을 살 줄 모르시는 분이 생일 선물이라며 사두었던 볼펜을 주시는 것이었다. 꾸중을 하고도 못내 마음에 걸리셨던 모양이다.

우리 나라는 아무런 문제가 없어요

1972년 9월 제네바에서 개최된 연맹 집행이사회의 참가 준비를 하면서 김학묵 당시 사무총장은 여러 가지 발언문을 준비했다. 주요 안건 중에는 '청소년적십자'의 영어 명칭을 '주니어 레드 크로스(Junior Red Cross)'에서 '레드 크로스 유스(Red Cross Youth)'로 변경하는 것을 포함하여 청소년과 마약 문제 등 청소년과 관계된 안건이 많았다.

청소년의 약물 남용에 관한 발표문에서 김학묵 총장은 "우리 나라는 그런 문제에 대해 염려할 단계는 아니라고 본다"고 확신에 찬 발언문을 마련했다. 물론 그의 발언은 회의에 참석한 다른 나라 대표들의 부러움을 샀다.

그런데 문제는 귀국 후 발생했다. 이웃집 대학생이 친구들과 함께 그 집 지하실에서 대마초를 태우고 있었다. 화가 난 아버지가 그의 부인에게 아이들이 그럴 동안 보고만 있었느냐고 호통을 치니까 그 부인은 아이들이 좋은 것이라고 태워보라고 그래서 태워보았노라고 태평스럽게 대답했다.

불과 며칠 전 회의석상에서 그렇게 확신에 차서 발언했는데 멀리 갈 것도 없이 옆집에 문제가 있었던 것이다.

김학묵 씨와의 인연은 내가 적십자사에 입사하기 훨씬 전부터이다. 우리 학교 사회사업과 학생들을 대상으로 '사회사업 개론'에 대해 강의를 했는데 나도 그 과목을 신청해서 들었다. 우리 학년 사회사업과 학생들이 열 명밖에 안 되기 때문에 학교에서 제일 작은 강의실에서 듣게 되었다. 다른 강의 끝나고 달려가보면 매번 교탁 바로 앞의 한 자리만 비워놓고 나머지는 사회사업과 학생들이 차지하고 앉아 있어서 어쩔 수 없이 호구에 들어가는 기분으로 자리잡고 앉았다.

이 짓궂은 학생들은 교탁과 딱 붙여놓은 맨 앞자리 사람이 강의하는 선생님을 올려다보려면 그들이 낙서해놓은 "X 푸쇼"를 안 보고는 칠판이나 선생님을 볼 수 없게 했다.

한 시간 내내 노트할 때마다 웃지 않으려고 이를 악물어야 하는 것도 힘들었지만 그것보다도 더 힘든 것은 강의할 때마다 침 튀는 것을 다 맞고 앉아 있어야 하는 것이었다.

그러고 나서 적십자사에 들어와서 다시 만나게 되었는데 어느 날 총장실에서 회의가 있었다. 그런데 자리를 잘못 잡아서 사무총장과 너무 가까운 자리에 앉게 되었다. 회의라고 해도 직원들은 대부분 그냥 듣고 있는 편이었는데, 사무총장의 이야기가 길어지면서 지루해지기 시작했다. 여전히 침방울을 튀기면서. 나는 회의 자료 위에 침방울이 떨어질 때마다 그 위치를 동그랗게 펜으로 표시하면서 시간을 보냈지만 사무총장은 전혀 눈치를 못 챘다.

1960년 10월 사무총장에 임명되어 12년 간 재직하다가 1972년 남북적십자회담이 시작되면서 사무총장직을 내놓고 부총재가 되었던 김학묵 씨는 적십자를 그만둔 후 얼마 전 세상을 떠나기 전까지 뇌성마비 아동들을 위해 헌신적으로 일했다.

이제 더이상 빨간 나비 넥타이를 볼 수 없게 되었으며, 그 카랑카랑한 목소리도 들을 수 없게 되었다. 고인의 명복을 빈다.

연맹 총재의 대규모 방문단

1988년 서울 올림픽을 앞두고 우리는 각국 적십자사에 편지를 내고 올림픽 기간 중 한국을 공식, 비공식으로 방문할 계획이 있는 적십자 인사들은 대한적십자사를 일차 방문해줄 것을 요청했다. 몇 명 안 되었으나 행사 기간 중 방문해준 분에게 대한적십자사를 소개하고, 손님의 사정에 따라 점심이나 저녁을 대접했다.

또한 적십자사 연맹 총재를 특별히 초청했다. 남미의 베네주엘라 적십자사 총재이기도 한 마리오 비야로엘 란더(Mr. Mario Villaroel Lander) 총재는 올림픽이 임박하여 명단을 통보해왔다. 비야로엘 총재 내외와 그의 아이들을 비롯하여 아이들의 사촌들까지 열 명이 넘는 대규모의 방문단이었다.

올림픽 기간 중에는 올림픽 조직위원회가 모든 호텔 배정을 하기 때문에 돈이 있다고 아무 호텔이나 들어갈 수 없었다. 당장 방을 얻는 것이 문제였다. 올림픽 조직위원회에 알 만한 사람들을 찾아서 사정사정했다. 결국 온갖 인사를 다 동원했지만 일행은 한 호텔에 묵을 수 없었고, 연맹 수행 직원도 별도의 호텔에 겨우 방을 얻을 수 있었다.

문제는 거기서 끝나지 않았다. 이태원에서의 푸짐한 쇼핑으로 따로 봉고차가 동원된 것은 귀여운 애교로 봐줄 수 있었다. 개회식에 맞춰서 온 손님들을 위한 개회식 입장권을 구하는 것이 문제였다. 사무총장에게 나온 입장권을 포함하여 두 장을 겨우 얻어서 총재 내외분만 입장할 수 있었다.

문제는 계속 이어졌다. 아이들의 욕구는 수시로 변했고, 그들이 원하는 각종 경기의 입장권을 제때에 구하는 것은 쉬운 일이 아니었다.

세계적인 축제가 열리는 것을 계기로 적십자 큰 손님을 초청했는데 그 큰 손님이 대규모의 가족들을 데리고 와 힘든 점도 있었지만, 제대로 잔치 기분을 낸 것은 잔치를 주최한 사람으로 볼 때 즐겁고 흐뭇한 일이기도 했다.

오늘 아침에 들어왔어요 (I came back this morning)

1995년 5월 10일부터 15일까지 서울 교육문화회관에서 아태지역 적십자 봉사원 대회가 개최되었다. 이를 위해 국제적십자사연맹 사무총장 조지 웨버(Mr. George Weber) 씨도 방한하여 개회식이 끝난 후 특강을 했다.

회의 사무국이나 국제부와는 아무 상관없이 하룻밤만 자고 떠난 연맹 사무총장뿐 아니라 매일 밤 외국 대표단들을 위한 술자리가 마련됐다. 그 술자리에는 혈액원장들이 돌아가며 참석했다.

연맹 사무총장이 떠나는 날 아침 공항에 전송하기 위해 그가 묵고 있던 호텔에 차를 갖고 갔다. 그는 전화를 하자 곧 내려왔다. 피곤해 보이길래 어제 늦게 돌아왔느냐고 물었더니 이렇게 대답했다.

"오늘 아침에 들어왔어요(I came back this morning)."

아침까지 술대접을 받았다는 대답이다. 아침에 떠날 사람을 그렇게 꼭 붙들고 술을 대접해야 하는가 하는 문제도 문제지만 너무 남의 사정을 안 알아주는 것은 공항 귀빈실에 도착하여 짐을 다시 정리하는 과정에서 또 나타났다.

서울지사가 그에게 선물한 도자기가 그것이었다. 우리 나라를 떠나 몇 나라를 더 들러서 제네바로 돌아가야 하는 손님에게 도자기 선물은 적당치 않았다. 읽어야 할 서류들로 꽉 찬 손가방 외에 도자기 항아리를 따로 들고 여러 나라를 거쳐야 한다는 생각에 곤혹스러워하는 표정을 읽을 수 있었다.

그 정도는 아니라도 나도 비슷한 경험을 한 적이 있다. 제네바에서 회의를 끝내고 귀국길에 방글라데시 적신월사(회교 국가에서는 적십자사라고 부르지 않고 적신월사로 부른다) 본사에서 열리는 지원국회의에 참가했다. 적신월사 총재는 참자가들에게 커피잔 세트를 선물했다. 큼지막한 커피잔이라 상자는 제법 부피가 나갔다.

회의 기간이 길건 짧건 나의 짐은 옷 등이 들어 있는 여행가방 하나와 서류와 비행기에서 읽을 책, 스웨터 등이 들어 있는 손가방이 전부이다. 보통 여행가방은 부치고 손가방은 기내에 들고 탄다. 연맹 사무총장처럼 여러 나라를 거치지는 않더라도 방콕에서 야간 비행기를 타야 하는 나로서는 커피잔 세트가 문제였다. 그래서 서류 등이 들은 손가방을 여행가방과 함께 부치고 커피잔 세트 상자를 들고 비행기를 탔다.

문제는 김포공항에 도착한 후 발생했다. 늘 습관대로 벨트 위를 빙빙 돌아서 나오는 짐들 속에서 여행가방만 찾아들고 집에 왔다. 짐의 갯수는 커피잔 세트 포함하여 다른 때처럼 두 개였기 때문이다. 다음 날 출근할 때 갖고 나갈 서류들을 찾으니 없는 것이었다. 손가방을 안 찾아온 것이다. 그날로 공항으로 달려가 짐표를 내밀고 사정해서 찾아왔다. 이쯤 되면 선물유감이라는 말도 나올 만하다.

세상에서 바쁜 것으로 둘째 가라면 서러워했을 조지 웨버 사무총
장 집까지 그 도자기가 무사히 갔을지 지금도 궁금하다.

동대문 봉사관을 방문한 스웨텐 적십자사 총재.

연맹 창설 78년만에
여자총재가 탄생했다. 본사
방문시 간부들과 함께(위).
서울프레스센터에서의
기자회견(가운데).
만찬장에서(아래).

호주의 멜버른에서 개최된 아태지역총회 기간중 유창순 총재와 함께(위).
터키 적신월사를 방문하여 방명록에 서명하는 강영훈 총재(아래).

대한적십자사의 최고참 봉사원 앨런 빅스 씨.
한국에 30년 가까이 살아서 한국말이 유창한
그는 명지휘자 쿠르트 마주르(사진 아래)와
꼭 닮았다.

4

끝나지 않은 전쟁

아직도 끝나지 않은 전쟁

1995년 초겨울 SBS 강선모 PD와 이형근, 박홍모 기자가 본사를 방문했다. 6·25 특집 프로그램으로 내전이 계속되고 있는 대표적인 지역 몇 곳을 취재해 방영하고 싶은데 현지 취재를 위해 분쟁지역에서 활동하고 있는 국제적십자위원회의 협조를 구한다는 것이었다.

언젠가는 해외 취재를 통해 국제적십자 활동을 소개할 때가 있겠지 하고 기다리던 우리에게는 참으로 반가운 제안이었다. 우리는 여러 차례에 걸친 협의를 통해 대상 지역을 에티오피아와 아프가니스탄, 라이베리아로 정하고 국제적십자위원회가 최대한의 취재 편의를 제공할 것과 이를 위해 본사 직원 한 명이 동행하며, 모든 자료 화면은 국제적십자위원회(ICRC)로부터 받기로 했다.

방영은 1996년 6월 25일 철원의 옛 공산당 당사에서 본사 총재와 취재진들, 봉사원들이 참가한 가운데 좌담회와 곁들여서 세 시간 동안 하며, 방영중 ARS를 통한 모금도 하기로 한국통신과 이야기까지 끝냈다. 특히 아프가니스탄에는 적십자병원의 정형외과 윤석웅 과장과 간호사를 파견하여 지뢰 피해자를 지원하기 위한 본사의 계획을 홍보하는 계기로 삼기로 했다.

준비하는 과정에서 어려운 점이 없었던 것이 아니다. 특히 그 프로그램에 대한 스폰서를 구하는 것이 가장 힘들었다는 SBS측의 말에 수긍이 갔다. 요즈음 세상에 내란의 현장이며, 지지리도 궁상스러운 그 삶의 모습, 대인지뢰 피해자들의 일그러진 모습 등에 돈을 대겠다는 기업은 별로 없으리라고 본다.

만족스럽지는 않았겠으나 SBS는 마침내 착수할 수 있었으며, 세 팀으로 나뉜 취재진들은 많은 어려움과 위험을 무릅쓰고 취재하고 돌아왔다. 특히 라이베리아의 경우 국제적십자위원회는 안전을 보장할 수 없다며 말렸지만 강행했다.

1996년 6월 25일 사람들이 텔레비전 앞에 모이기 훨씬 전인 5시부터 8시까지 세 시간 동안 철원에서의 생방송과 함께 취재한 것이 방영되었다. 반응은 예상을 훨씬 뛰어넘었다. 큰 기대하지 않았던 모금은 4억 원에 달했으며, 이 프로는 나중에 좋은 프로로 상을 받기도 했다.

모금한 4억 원 중 난민 구호를 위해 유엔에 1억 원(현지 취재중 유엔의 도움도 많이 받았다)을 기증하고 3억 원은 당초 SBS와 약속한 대로 아프가니스탄의 지뢰 피해자들을 위해서 쓰기로 하고 구체적인 계획을 수립하고 있던 차에, 그토록 협조적이던 국제적십자위원회로부터 다분히 감정이 섞인 편지를 받았다.

내용은 한국 대표단들(취재진을 포함해서)이 자기들이 보는 기준에 못 미친다(not duly met our criteria)는 것이었다. 예로 돼지고기 통조림을 먹으면서 곁에 있던 회교도에게 먹어보라고 권해 그들을 모욕

했는가 하면 한국 팀 구성원 중 한 명이 현지 의사들의 수술을 간섭, 방해하는 등 "윤리적으로 의심스럽고 국제적십자위원회 의사로서 기대되는 행동에 적합지 않은(ethically doubtful and not compatible with the behaviour expected from an ICRC doctor)" 행동을 했다는 것이었다.

화가 머리끝까지 났으나 우선 사실을 확인해야 하니까 아프가니스탄에 동행했던 직원을 불러서 물어봤다.

스팸 통조림 사건은 사실이었으나 일부러 그런 것은 아니었고, 수술을 간섭, 방해했다는 소리는 완전히 사실 무근이었다. 우리는 우리 의료진을 보내는 것이 직접 의료활동을 하려는 것이 아니고 어디까지나 환자 옆에서 사진만 찍어서 지뢰 피해자 지원을 위한 국내 홍보용으로 쓰겠다는 것을 사전에 이야기하고 간 것이었으며, 우리 의료진이 그야말로 기술적으로 사진만 찍었지 방해를 한 것은 없었고, 오히려 그쪽 대표(인상이 사나운 여자였다고 한다)가 매번 "만지지 말아요(Don't touch)." 하며 불쾌할 정도로 비협조적이었다는 이야기다.

위의 두 가지 예뿐 아니라 전체적으로 편지를 여간 불쾌하게 쓴 것이 아니었다. 같은 말을 해도 상대방을 그렇게 기분 나쁘게 해야 하는 이유가 무엇인지 이해가 안 되었다. 게다가 편지를 보낸 사람은 우리와 늘 편지나 전화를 하던 사람이 아닌 처음 보는 이름이었다. 방콕주재 아태지역 대표단장한테 전화했으나 휴가중이었고 제네바에 전화했으나 아태지역 국장도 휴가중이었다. 그래서 편지를 썼다. 세 장에 걸친 긴긴 편지로 하고 싶은 이야기를 다 쏟아놓았다.

우선 그간 대한적십자사가 전쟁 희생자, 특히 지뢰 피해자들을 지원하기 위해 국제적십자위원회 활동을 어떻게 지원해왔는가 하는 설명과 SBS 취재도 그 일환으로서 국민들에게 홍보하고 모금하여 국제위원회를 통해 아프가니스탄을 지원하려는 계획이었음을 밝혔다. 그리고 솔직하게 당신의 편지가 우리의 계획에 찬물을 끼얹은 것은 사실이라고 말했다. 그리고 나서 스팸 통조림 건은 몰라서 그런 것이지 당신이 말한 것처럼 다른 사람의 음식습관을 무시하려고 그런 것은 아니었다고, 부주의했던 것을 정중히 사과하였다.

그 다음에 의사의 활동을 간섭, 방해했다는 점에 대해 따졌다. 취재 필름을 보고 또 봤지만 그 사람이 말한 그런 장면은 어느 곳에서도 찾아볼 수 없었으며, 우리 의료진의 방문 목적을 사전에 충분히 알렸을 뿐 아니라 현지에서도 사진 찍을 때마다 현지 의사의 사전 양해를 얻어서 찍었고, 현지 의사 옆에 서서 보기만 했지 환자를 만지거나 자신들의 기술을 내보인 적은 더더구나 없었다는 것을 확인했으며, 오히려 인상 나쁜 그 여자가 한국 대표단들에게 모욕적으로 대한 것을 말하면서 처음부터 홍보 목적인 취재를 "간섭"이라고 말하는 것을 이해할 수 없다고 썼다.

또한 SBS 프로그램에 한국 의료진의 모습이 보인 것은 정말 좋았다는 말과 함께, 본사는 SBS의 양해를 얻어 그날 방영한 프로그램을 복사하여 13개 시·도 적십자 지사에 배포하여 활용하도록 했을 뿐 아니라 아프가니스탄을 비롯하여 분쟁지역에서의 적십자 활동을 소개하는 리플릿 20만 매를 상업은행(현 한빛은행)의 지원을 받아 제작하였고, 6월부터 전국적으로 분쟁지역에서의 적십자 활동을 소개하는 사진전시회도 하고 있다고 했다. 그리고 우리 적십자사도 오는 10월 국제 구호요원 교육을 계획하고 있어 당신이 말한 자격이나 기준에 맞는 대표를 선발할 수 있을 것이라고 했다.

편지를 끝맺으면서 "우리의 좋은 뜻이 당신의 기준에 맞지 않는다는 사실이 슬프지만(we are genuinely distressed that our well-meaning efforts clearly do not meet your criteria) 그럼에도 불구하고 우리 두 기관이 그간 지녀왔던 좋은 관계에 불리하게 작용하지 않기 바란다(we nevertheless hope that these circumstances will not adversely affect the hitherto excellent relations that our two organizations have enjoyed)"고 점잖게 마무리를 했다.

당사자에게 팩스로 보내면서 사본을 제네바 국제적십자위원회의 아태지역 국장과 외자부(External Resources Department)의 책임자, 그리고 방콕의 아태지역 대표단장에게도 보냈다.

이 편지를 받아본 실무자는 휴가지에까지 연락해서 책임자들에게 보고했으며, 보고를 받은 그들은 앞을 다투어 전화를 걸어왔다. 어지간히도 놀란 것 같다. 사과를 받자는 것이 아니고 부당한 대우를 받는 것에 대해서는 할 말은 하고 살아야겠다는 생각이었으므로 몇 차례 전화가 오고가면서 다시 전처럼 두 기구는 좋은 관계를, 오히려 더 좋은 관계를 갖게 되었다.

국제 구호요원 훈련에 제네바에서 강사를 보내면서, 보통은 명단을 그냥 보내는데 국제위원회는 강사 후보를 전화로 알려왔다. 나와 동료들의 심기를 있는 대로 뒤집어놓은 그 친구는 당연히 제일 먼저 거절했다.

SBS와 함께 일한 것이 처음이지만 참으로 기분 좋은 사람들이었다. 비디오 복사하는 것부터 모금한 돈 사용에 이르기까지 우리의 의사를 존중해주었으며, 전혀 간섭이 없었다.

그날 모금한 나머지 3억 원은 그 후 국제적십자위원회를 통해 아프가니스탄 지뢰 피해자들을 위해 사용되었다. 지뢰 피해자들을 위한 종합복지관을 네 곳에 세운다는 마라스트룬 프로젝트(Marastroon Project)는 정세 불안으로 계획보다 늦어져 두 곳은 완공되고 한 곳은 거의 완공 단계며, 나머지 한 곳은 사태가 안정될 때까지 보류된 상태이다. 네 곳이 다 지어지면 아프가니스탄에 있는 수십만 명의 지뢰 피해자들의 재활을 돕는 데 크게 기여할 것이다.

가능하면 네 곳에 다 **SBS**의 현판이라도 걸고 싶고, 그 시설이 잘 활용되고 있는 모습을 취재해서 방영함으로써 1996년 당시 전화로 2,000원씩 기부해준 국민들에 대한 애프터 서비스를 했으면 싶다.

랑군 사태로 잃은 친구

랑군 사태가 발생한 1983년 10월 9일 나는 제네바에서 국제적십자사연맹 총회에 참석하고 있었다. 호텔에 있는 TV에서는 매 시간마다 긴급 뉴스로 그 사건을 방영하고 있었으며, 전 세계 주요 통신도 화면에 계속 나왔다.

그 당시 외무부 장관으로 대통령을 수행했다가 참변을 당한 이범석 대사는 한국전쟁 당시 완전히 폐허가 된 대한적십자사를 돕도록 미국 적십자사가 파견하여 청소년부장으로, 서울지사 사무국장으로 전후의 구호활동에 참가했으며, 1971년 8월 12일 당시 대한적십자사 총재였던 최두선 총재의 제의로 이산가족 문제를 의논하기 위한 남북적십자회담에 수석대표로 참가할 당시에는 부총재로 일했다. 제네바의 연맹 직원들 중에는 이범석 대사를 기억하고 있는 사람들이 여러 명 있었으며, 그들은 우리를 만날 때마다 몹시 침통한 모습으로 안타까움을 표했다.

희생자 중에는 주미 대사를 역임하고 귀국한 후 연세대학교에서 가르치다가 청와대 외교담당 수석으로 부임한 후 대통령을 수행했던 함병춘 대사도 있었다. 함병춘 대사는 청와대로 들어가기 전 우리 대학적십자 교육 프로그램에서 좋은 강의로 깊은 인상을 남겼다.

주요 통신에 반복적으로 "한국의 대통령이 왜 미얀마를 방문했는지 그 이유를 알 수 없다. 한국은 너무나 큰 인적 손실을 입었으며, 그 손실을 당분간 충당하기 어려울 것이다. 특히 미국통들의 희생은 앞으로 미국과의 협상에 어려움을 겪을 것으로 보인다"는 논평이 나오고 있었다. 그 '큰 인적 손실'에는 이범석 대사, 함병춘 대사, 김재익 청와대 경제수석, 서상철 동력자원부 장관 등이 포함될 것이다.

그 희생자들 중에는 대학 동창도 한 명 들어 있었다. 그는 한 신문사의 베트남 특파원을 거쳐 청와대에 들어가 대통령의 영문 연설을 쓰고 있었다. 무슨 예감이 온 것일까. 나중에 그 부인의 이야기가 출장 갈 때 그런 적이 없었는데 안 가고 싶다는 소리를 자꾸 했다는 것이다.

그 친구 결혼식이 생각난다. "신랑 신부 친구들 나오세요." 하는 사진사의 소리에 우리는 당연히 신랑의 친구라서 신랑 뒤에 가서 섰더니 사진사가 "신랑 뒤에 있는 여자분들 이쪽 신부 쪽으로 서세요." 하길래 우리는 합창하듯 "우리는 신랑 친구인걸요." 하고 신랑 쪽에서 사진 찍었다.

나는 대학 시절 학기말 시험공부를 하면서 시간의 절반을 영문법에 매달렸지만 두 학기 연속 D학점을 받았다. 속상하다고 그 친구에게 말하니 자기는 두 학기 연속으로 F학점을 받았다고 하면서 나를 위로했다. 그 친구는 그 후 영문법 시험 때문에 쌍권총이라 별명을 얻었다. F자를 옆으로 누이면 권총 모양이 되기 때문이다. 25명의 입학 동기들은 가수 윤형주가 부른 노래 가사처럼 "라일락꽃 향기 흩날리던 교정에서 만나" 4년 간 "밤하늘의 별만큼이나 수많았던 이야기"와 추억을 나누었다.

졸업 후 각자 흩어져 살며 서로 바빠서 자주 못 만났으나 소식은 듣고 살았다. 어느 날 그 친구한테서 저녁을 같이 하자고 전화가 왔다. 만나기로 약속한 장소에 먼저 가서 기다리니 곧 그가 나타났다. 오랜만에 만나서일까. 문에 들어서는 그를 보자 이름보다 별명이 먼저 생각이 나서 반가운 김에 "어이, 쌍권총." 하고 손을 들고 불렀다. 그는 나를 쥐어박는 시늉을 하며, "야, 이제는 폼 좀 잡으려는데 쌍권총이라고 부르면 어떻게 하냐." 하고 나무랐지만 정말로 싫어하는 기색은 아니었다. 이제는 청와대 비서로 중년남자의 틀이 잡혀가고 있었지만 그도 그 순간만은 학창시절을 떠올리며 즐거워하는 표정이었다. 그 후 얼마 안 있어 영 내켜하지 않던 출장 길에서 유명을 달리하고 말았다.

제네바에서 돌아온 후 며칠 간 시차 때문에 한밤중이면 일어나서 밀린 신문을 읽었다. 신문은 온통 랑군 사태에 관한 기사로 뒤덮여 있었다. 식구들이 다 잠이 든 시간이면 희생자들의 사진, 나무에 기대어 우는 희생자의 딸, 철없이 젊은 엄마에게 매달려 놀고 있는 아이 등 신문에 실린 사진을 보며 울고 또 울었다.

민간인은 서럽다

1975년 4월, 베트남전은 순식간에 끝나고 말았다. 1968년 상패 만드는 기술자로 월남에 간 최기선 씨. 미처 귀국선을 타지 못한 그는 이왕 귀국할 것, 돈을 조금 더 벌 수는 없을까 하고 왔다갔다 하던 중 웬 사람이 와서 배를 싱가폴까지 끌어다 주면 많은 돈을 주겠다는 말에 밤배를 탔다. 배가 해안선에서 얼마쯤 갔을 때 갑자기 해안 경비정이 들이닥쳐 그 배를 뒤지자 배 밑창에서 다량의 무기가 나온 것이다. 물론 최기선 씨는 전혀 모르는 일이었다.

그는 미국의 첩자라는 죄명으로 다른 한 사람과 함께 하노이 감옥에 수감되었다. 최기선 씨와 함께 수감되었던 다른 사람은 얼마 후 석방되었다. 이 감옥에는 최기선 씨 외에 베트남전 종전시 미처 빠져 나오지 못한 이대용 공사, 안희완 영사, 서병호 총경이 함께 억류되어 있었다.

1975년 5월부터 하노이 감옥에 억류된 세 명의 외교관을 송환하려는 박정희 전 대통령의 노력은 가히 전방위적이라 할 수 있었다.

청와대 김정렴 비서실장을 비롯하여 남덕우 경제부총리, 박동진 외무부장관과, 제네바주재 대사 등이 동원됐고, 주한 프랑스 대사, 스웨덴 대사, 일본 대사, 프랑스 수상, ICRC 등의 면담과 미국 방문 등 다방면의 구출작전 결과 세 명의 외교관 송환이 마침내 이루어졌다.

혼자 남은 최기선 씨의 심정은 말로 표현할 수 없었으리라. 베트남과 국교가 없는 상황에서 오랫동안 남편의 생사를 확인할 길이 없던 최기선 씨 부인은 마지막으로 세 통의 장문의 진정서를 작성하여 청와대와 외무부, 대한적십자사에 보냈다. 정권이 바뀌어 전두환 대통령의 청와대는 '본 건을 처리하고 그 결과를 보고하라'는 공문과 함께 진정서를 적십자사에 보내왔고, 외무부도 마찬가지였다. 똑같은 내용의 진정서 세 통을 받아든 셈이다.

우리는 분쟁지역에 대표단을 두고 있는 국제적십자위원회(ICRC)에 진정서 내용을 번역하여 보내면서 협조를 요청했다. 제네바의 ICRC 본부는 즉시 하노이 주재 대표에게 연락하여 최기선 씨가 아직 하노이 감옥에 있는지 알아보라고 했다. 지금처럼 팩시밀리가 보급되지도 않았고 국제전화도 여의치 않은 상황에서 이 모든 연락은 텔렉스를 사용했으며, 베트남과 직접 교신이 어려운 상황에서 모든 연락은 제네바를 통해서 이루어졌다. 그가 아직 하노이 감옥에 살아 있다는 ICRC 현지 대표의 보고에 힘입어 우리는 2차로 그의 석방 교섭을 의뢰했다.

석방 교섭은 순조로웠다. 순조로운 정도가 아니었다. 베트남 외무성 관계자의 답변은 기막혔다. 보아하니 별 혐의가 없는 것 같아서 석방하려고 했으나 아무도 요구하지 않아서 여태까지 그냥 두었다는 것이다. 긴 이야기 할 것 없이 그를 데려다가 비행기 태워서 보내달라고 요청했다. 수감되면서 여권도, 뭣도 다 빼앗긴 최기선 씨에게 ICRC는 여권을 대신할 수 있는 여행증명서를 만들어주었다.

가족에게 석방 사실을 알려줬으나 시골 중학교 식당에서 일하는 그 부인의 능력으로는 항공료 부담이 어려워 대한적십자사가 부담키로 하고, ICRC가 선불하면 나중에 송금해주겠다고 약속했다.

1년 1개월에 걸친 교섭 끝에 석방되는 최기선 씨를 마중하러 공항에 가게 되었다. 부인은 식당일로 올 수 없다는 것이었다. 최기선 씨가 베트남 갈 때 아기였던 아들이 이제 씩씩한 군인이 되어 마중하겠다고 왔으나 아버지 얼굴을 모르기는 그나 나나 마찬가지였다.

걱정하며 나갔으나 방콕에서 비행기가 도착하고 승객들이 쏟아져 나오는데 나는 단번에 최기선 씨를 알아봤다. 오랫동안 햇볕을 쬐지 못해 희다 못해 투명한 피부에 머리는 백발이었으며, 오랫동안 영양실조로 완전히 이가 빠져 오십밖에 안 된 그를 완전히 할아버지로 만들었다. 그는 어리어리했으며, 오랫동안 한국말을 못해서 그런지 말귀를 잘 알아듣지 못했다. 안기부에서의 조사를 마친 후 광주 적십자병원으로 내려가 한 달 동안 입원하여 정밀진단을 받았다.

그의 귀국 보도가 나가자 미국 대사관에서 전화가 왔다. 광주 적십자병원에 가서 그를 만나도 되겠느냐는 것이었다. 이유는 그가 있던 하노이 감옥에서 혹시 미군을 본 적이 있는지 알아보고 싶다는 것이었다. 그 순간 같은 대한민국 국민이면서도 민간인이라는 이유로 12년 간 하노이 감옥에 버려져 있었던 최기선 씨에게 국가는 어떤 의미를 갖는 것일까 하고 생각했다.

얼마 후 적십자사를 찾은 최기선 씨는 우리를 기쁘게 했다. 염색으로 흰 머리는 찾아볼 수 없었고, 볼이 푹 패였던 것도 틀니로 해결했

으며, 새로 지어 입은 양복은 보기 좋았다. 맏아들 결혼일까지 받아
놓았으니 경사가 겹친 것이다.

다리도 없는 것 데려다가 뭐하게?

1980년대 말 어느 날 홍콩 주재 국제적십자위원회(ICRC) 극동지역 대표단장이 내놓은 경우는 좀 특이한 것이었다.

김주식(가명). 19세. 서울에서 살다가 모험심에 집을 나선 그는 중국대륙을 거쳐 베트남 국경을 넘다가 붙들려 현재 하노이 감옥에 수감중이다. 하노이 주재 ICRC 대표와의 면담을 통해 한국에 보내달라고 하는데 여권도 잃어버리고 없지만 한국 정부가 이 소년을 받아준다면 ICRC가 여행증명서를 발급해주겠다는 것이었다.

우리 나라 중고등학교 교육이 중국대륙으로 뛰쳐 나갈 만한 모험심을 아이들에게 절대로 심어주지 못한다고 평소에 생각했던 나는 특출나게 모험심이 강한 아이라 할지라도 중국과 국경을 접하고 있는 것도 아닌데 그 넓은 중국대륙을 지나 베트남까지 갔다는 것은 뭔가 이상하다는 느낌이 들었다. ICRC 대표단장에게 그의 신분을 좀더 알아봐달라고 부탁했다.

얼마 후 ICRC 홍콩 대표단장을 통해서 받은 그의 자술서를 나는 읽고 또 읽었다. 우선 그의 글씨체가 낯설었다. 우리 아이들의 글씨체와는 달리 마치 일제시대 때 사할린으로 끌려간 사람이 가족을 찾아달라는 편지의 글씨체와 방불했다. 서울 지도를 그려서 보냈는데 세종로, 퇴계로, 을지로… 이런 거리 이름이 아니고 ㅇㅇ 거리, xx 거리 하고 이름 붙인 것도 이상한 데다가, '노상에서' 대신 '로상에서'로 표기하는 등 두음법칙이 전혀 지켜지지 않았다. 또한 '주' 자를 우리 나라 사람들 표기하듯 'chu' 나 'ju'로 표기하지 않고 'xu'로 한 것도 이상했다. 그가 졸업했다고 주장한 남대문초등학교 졸업생 명단에도 그의 이름은 없었으며, 서울을 떠나 중국땅에 들어간 경로는 더욱 모호했다.

얼마 후 한국을 다시 찾은 ICRC 대표단장에게 위와 같은 이유를 들며, 그가 북한을 탈출한 사람인 것 같은데 당시 공산정권인 베트남에서 한국말을 못하는 ICRC 현지 대표는 '입회인 없이 수감자를 면담한다'는 원칙을 지키기 어렵고, 북한에서 공부한 공산당원 통역에게 솔직하게 털어놓기는 어려웠을 것이라는 의견을 말했다. 우리는 여러 시간 이 문제를 놓고 이야기를 나누었다. 나중에 그는 북한을 탈출했더라도 한국이 그를 받아주면 안 되겠느냐고 조심스럽게 물으면서 김 군은 베트남 국경을 넘다가 지뢰로 다리를 잃고 참 딱한 처지라는 말을 덧붙였다.

김 군을 받아주는 것은 정부의 일이기 때문에 관계자와 상의해보겠다고 말하고 그를 보냈다.

ICRC와 그간 협의한 내용, 그의 딱한 사정, 나의 자세한 설명을 들은 정부 관계자의 퉁명스러운 대답 어디에도 인간에 대한 관심이나 애정이 끼여들 구멍은 없었다.

“다리도 없는 것 데려다가 뭐하게?”

베트남전 때 그곳에 수감되어 있던 미군들이 하노이 힐튼(Hanoi Hilton)이라고 이름 붙인 하노이 감옥의 한 감방에서 절망에 떨고 있을 그를 위해 인도주의 기구는 정말 아무것도 할 수 없는 것일까.

이재환 납치사건

1987년 7월 당시 미국 MIT 경영대학원에서 박사과정을 밟고 있던 이재환 군이 방학을 맞아 오스트리아 빈을 여행하던 중 실종되었다. 당시 나이 24세. 실종된 지 20일 후 북한 중앙방송은 그가 "의거 입북했다"고 밝혔다.

자진 월북했다는 것을 인정할 수 없었던 이재환 군의 가족들은 그의 송환을 위해 유엔기구, 국제적십자위원회에 진정서를 내는 등 백방으로 노력했다. 적십자사도 이 일에 적극 나섰다. 모든 분쟁 현장에서 중립적 중재 역할을 자임해온 국제적십자위원회에 이 사실을 알리고 도움을 요청했다.

그 당시 홍콩에 사무실을 두고 있던 국제적십자위원회 극동지역 대표단장은 평양을 방문하기에 앞서 서울에 들렀다. 우리는 우편업무가 두절된 국가들간이나 지역들간에, 또는 포로나 수감자들과 그 가족들간에 국제적으로 통용되는 국제적십자위원회의 가족 서신 (family message) 전달을 그에게 부탁하기로 하고 이재환 군의 가족에게 연락했다.

비통에 잠겨 기력을 잃은 부모님을 대신하여 동생이 우리 사무실을 찾았다. 가족 서신 용지를 내주고 국제 규정대로 25자 이내로 편지를 쓰면 평양 가는 인편에 전달하겠노라고 설명했다. 물론 북측을 자극하는 어떤 정치적인 말도 들어가서는 안 된다는 말도 빼놓지 않았다. 이 가족 서신은 누구나 볼 수 있도록 봉하지 않고 보내게 되어 있으며 반으로 접어서 한쪽에 편지를 써서 보내면 받는 사람이 나머지 반쪽에 회신을 역시 25자 이내로 쓰게 되어 있었다.

이재환 군의 가족을 대표하여 그 심정을 25자 이내로 집약해서 쓰기란 쉽지 않았을 것이다. 우리의 설명대로 그 동생은 담담하게 안부를 묻는 편지를 써내려 갔다. 물론 ICRC의 극동지역 대표단장에게 그 편지를 전하기 전에 읽어보고 아무런 문제가 없을 것임을 확인했다.

속마음을 제대로 그리지도 못한 그 편지, 덤덤하기 짝이 없는 그 편지도 홀로 떨어져 있는 사람에게는 외부 세계와 연결짓는 생명선이다. 사랑하는 가족으로부터 온 소식은 더 말할 것도 없다

며칠 후 ICRC 대표단장이 평양에서 돌아왔다. 그런데 그는 갖고 간 그 편지를 도로 내놓는 것이 아닌가. 편지를 내놓자 북측은 한 번 읽어보고 난 뒤 '정치적인' 내용이 들어 있기 때문에 접수할 수 없다고 했다는 것이다. 한글을 모르는 ICRC 대표단장은 반박할 수 없었다고 했다. 뿐만 아니라 북측은 이 문제는 북남(그들은 북남이라고 한다) 간 당사자의 문제이기 때문에 제3자인 ICRC는 빠지라는 것이었다.

어찌하면 그럴 듯하게 들리지만 ICRC의 개입을 인정하도록 되어

있는 제네바협약 가입국으로서 할 소리는 아니다. 북한의 속성을 모를 리 없는 우리가 시비거리가 될 '정치적' 내용을 써보냈겠는가? 결단코 있을 수 없는 일이었다.

1999년 초 이재환 씨가 북한 탈출에 실패한 후 정치범 수용소에 수감되어 있다가 사망했다는 소식을, 2001년 5월 15일 북한 적십자회가 한국 정부에 통보해왔다. 그와의 접촉과 송환에 ICRC나 대한적십자사가 아무런 도움을 주지 못한 것에 가슴이 많이 아프다.

최초의 국제 세미나

1905년 고종황제 칙령으로 시작된 한반도에서의 적십자운동이 70년이 된 1975년 드디어 국제회의를 개최하게 되었다.

그 당시 정부는 적극적으로 국제회의를 유치하기 위해서 애쓰고 있던 터라 국제행사 계획이 수립되면 정부에 알리게 되어 있었고, 정부는 이 계획을 가지고 관계 부처 회의를 열어 지원책을 강구하던 시절이었다. 지역회의라 하더라도 아시아 지역의 여건상 여비를 대주지 않으면 대표 파견이 어려운 실정은 오늘날에도 크게 다를 바 없다.

우리는 대한적십자사 창립 70주년이 되는 1975년 아태지역 청소년 지도자회의를 서울에서 개최하기를 희망한다고 연맹에 알리면서 그간 청소년 자문위원회에서 가다듬은 개최안을 보냈다.

연맹이 파견한 관계자 둘은 며칠 간 머물면서 우리의 안을 토대로 주제, 일정, 회의장소 답사, 회의의 장(Director)과 주제 발표자 등을 만나는 일, 회의개최 1년 전 연맹과 대한적십자사 총재 공동 명의의 초청장 발송 등 구체적인 협의를 끝내고 돌아갔다.

정부는 곧 우리의 개최안을 놓고 지원대책 협의에 들어갔다. 우리가 정부에 요청한 것은 회의 장소인 수유리의 아카데미하우스 진입로를 확장하는 일과 참가 대표들의 국무총리 예방이었다. 정부는 토지수용 보상비 등을 기꺼이 부담하면서 오늘날과 같이 번듯한 포장도로를 만들어주었으며, 회의기간 중 어느 날 오후 중앙청으로 김종필 총리를 방문하도록 해주었다.

최초의 지역회의에는 16개국에서 참가했다. 각국에서 두 명씩 대표를 파견하고 주최국인 한국은 네 명의 대표를 참가시켰다. '국가개발과 청소년'이라는 주제를 놓고 개회식에 이어 발표된 정범모 교수의 주제 강연은 연맹 대표들을 비롯하여 많은 사람들에게 깊은 인상을 심어주었다. 특히 그는 '발전'을 'a change for the better'라고 간결하게 표현했다. 2주 동안 참가 대표들은 회의 외에도 현장 견학, 관광도 했다. 울산에 가서 현대중공업의 유조선 만드는 과정을 보기도 하고 경주를 거쳐 부산에 가서는 부산여고에 수용되어 있는 1,500여 명의 베트남 난민을 만나보기도 했다.

회의에서 나온 여러 가지 결론 중 가장 관심을 끈 것은 정규 교육에서 제외된 청소년들을 적십자에 참여시키는 문제였다. 회의가 끝난 후 돌아가서 필리핀 적십자사는 농촌 청소년들로 청소년적십자단을 조직했고, 한국은 직장 청소년 조직에 착수했다. 그러나 그것은 생각처럼 쉬운 일이 아니었다. 회사든 공장이든 도시산업선교회처럼 외부 세력(?)이 들어오면 시끄러워질 것을 염려하여 받들여놓기가 어려웠다.

노래나 레크리에이션에 특별한 재주를 갖고 있던 부산지사 우옥

순 청소년과장이 그 재주를 갖고 뚫고 들어가기 시작했다. 부산의 금성전기는 6개월이나 공을 들였지만 결실을 보지 못했고, 부산의 대표적인 운동화 제조업체인 국제화학(나중에 국제상사로 이름이 바뀌었다)에서 드디어 성공하여 1976년 6월 27일 111명의 여공으로 직장 청소년적십자가 조직되었다.

학생들과는 달리 교육 기회가 거의 없는 이들에게 적십자 활동은 여러 가지 새로운 것을 배우는 기회였을 뿐 아니라 남을 돕는 봉사 활동을 통해 비관스럽게만 여겨졌던 생활에서 의미를 찾기 시작했다. 이들은 심장판막증으로 고생하고 있던 생활이 어려운 대학생의 수술 비용을 모금하기도 했다. 적십자 활동을 통해서 서서히 나타나는 이들의 변화되는 모습은 소속 직장에서도 좋은 반응을 일으켰으며, 우리도 적십자를 조직해달라고 요청하는 회사들이 하나둘씩 늘어가게 되었다.

1978년 청소년적십자 자문위원들은 이들을 위한 활동지침을 만들었으며, 1976년 청소년적십자 활동지침과 함께 영역하여 국제적십자사연맹에 보내 큰 호평을 받기도 했다.

1985년에는 전국 58개 조직에 3,800명의 공원들과 버스 안내양들이 가입하면서 전국적인 조직으로 자리잡게 되었으며, 이들을 위한 전국적인 연수 프로그램은 각 직장에서의 경험을 나누는 좋은 자리였다. 연수회 참가자들과의 대화의 시간을 위해 의정부의 다락원 캠프장에까지 먼 길을 마다 않고 찾아와 연수회 참가자들과 진지한 대화시간을 가진 이춘조 씨, 홍소자 씨 등의 수고를 잊을 수 없다.

이춘조 씨, 장정자 씨 등은 소년원에서 가출옥한 아이들을 수용했던 강서구의 적십자 복지관에서 기술교육을 받는 아이들의 재활에 특히 많은 노력을 기울였다. 기술을 익혀서 자격증을 따고 나면 현대중공업 등에 취직시키는 데 많은 노력을 기울였다. 소년원 출신을 받아주려 하지 않는 곳을 뚫고 들어가 어렵게 어렵게 취직을 부탁하고 잘 적응하고 있는지 늘 마음을 쓰며 지내기를 10여 년, 어느 날 이들이 돈을 모아서 서울에서 벌인 불고기 대접은 이춘조 씨를 감격시키고 말았다. 부모도 찾지 않은 청소년들이 정상적인 사회생활을 하도록 한결같이 보살핀 그 정성이 아름답다.

학교교육을 받지 못하는 청소년들을 위한 대학적십자 회원들의 노력도 기억할 만하다. 특히 한양대학교 공과대학생들로 구성된 적십자회원들은 학교가 끝난 후 학교 못 가는 청소년들을 모아 기술교육을 시작했다. 이러한 좋은 뜻은 한국 방문중 그곳에 들른 연맹 청소년부장에게 전달되어 기술교육에 필요한 여러 가지 공구 등을 구입하기 위한 비용을 연맹으로부터 지원받기도 했다. 한양대학교 적십자회원들의 야간학교 프로그램은 곧 다른 학교에까지 영향을 주어 단국대학교, 숙명여자대학교 회원들도 잇달아 야간학교를 개설했다. 특히 단국대학교 회원들이 하던 옥수 야간학교에서 열심히 일을 하던 회원은 나중에 단국대학교 교수가 되어 적십자 지도교수로 활동했다.

교육의 기회가 적은 청소년들에게 어떤 형태로든지 교육을 받을 기회를 주어야 한다는 것과, 이들이 적십자 활동의 대상자로서 뿐만 아니라 주체로서 참여해야 한다는 생각에는 아직도 변함이 없다.

1980년 5월

일년에 한차례씩 전국의 청소년적십자 대표들이 모여 지난 한 해를 결산하고, 앞으로의 활동 방향을 정하는 학생협회 총회는 지방을 순회하며 개최되어왔다.

1980년 총회는 부산에서 개최되었다. 총회가 끝나는 날 광주항쟁이 시작됐다. 각 지사에서 온 대표단은 다 집으로 돌아가고, 광주·전남 대표단을 집으로 보낼 일이 난감했다. 광주로 들어가는 길이 모두 차단되었기 때문이다. 할 수 없이 전북지사에 부탁하여 길이 열릴 때까지 학생들을 맡도록 했다.

본사에는 상황실이 설치됐으며, 22일 의료팀을 현지에 파견했으나 들어가지 못하고 되돌아왔다. 이틀 후인 24일, 서영훈 당시 사무총장과 구호요원 두 명이 혈액 200유니트(unit)와 수액제, 항생제 등을 싣고 떠났다. 이들은 전쟁터를 방불케 하는 검문소를 몇 차례 거치면서 제지하는 계엄군에게 적십자의 역할과 '인도'와 '중립'의 원칙에 대해 역설하였는데, 통과는 시켜주지만 생명을 보장할 수 없다는 만류에도 불구하고 우여곡절 끝에 광주에 들어갔다. 적십자 깃발의 위력을 실감한 순간이다.

일단 한번 들어간 후에는 2차, 3차, 4차 계속해서 응급 외과용 의약품과 붕대, 소독약품 등을 긴급 수송할 수 있었다. 대한적십자사에서 준비한 의약품을 각 종합병원에 서영훈 사무총장이 직접 전달하였으며, 부상자도 위문하였다. 나누어진 의약품은 매우 유용하게 사용되었지만 함께 가져간 혈액 200유니트는 되가져올 수밖에 없었다. 광주민주화운동의 요람이라 할 수 있는 도청 광장은 적십자병원, 혈액원에 근접한 거리에 있기 때문에 사상자 숫자가 늘어가면서 적십자 직원들도 사태의 심각성을 간파하고 시가전을 방불케 하는 유탄의 위협을 부릅쓰고, 가두 헌혈과 헌혈 동참 캠페인을 벌였던 것이다.

그때의 헌혈 행렬은 1,000여 명에 이르렀고 600명이 헌혈에 동참해주어서 혈액이 남아돌아 헌혈 대기자들에게 돌아갈 것을 호소하는 감격적인 광경이 연출되기도 하였다(현재도 그때를 기념하기 위해 매년 5월 18일을 광주광역시 헌혈의 날로 지정하여 민관군이 함께 헌혈에 동참하는 대대적인 헌혈 캠페인을 하고 있다).

특히 적십자사에서 지원해준 의료용 산소통 200개는 각 병원에 나누어져 사막의 오아시스 같은 역할을 했다고 한다.

한편 광주·전남 지사와 광주 적십자병원은 10여 일 동안 철야근무에 들어갔다. 웬만한 병원들이 다 문을 닫았을 때 물리치료실과 복도까지 임시 베드를 놓고 밀려드는 부상자 치료에 나섰으며, 구호용 담요도 계속 지급했다.

박윤종 당시 지사장은 사태수습대책위원회 위원으로 일했으며,

도청 안에서 시민군들로부터 생명의 위협을 당하기도 했다.

이곤형 사회봉사과장은 지역 계엄당국과 함께 26일에는 행방불명자 소재파악을 위한 협의회에 참여했으며, 27일 28일 양일 간 시체 검시에도 입회하였다.

그러는 가운데 국제적십자운동 기본 원칙의 하나인 '중립'의 원칙을 잘 설명해주는 사건이 발생했다. 시가전을 방불케 하는 상황 속에서 부상당한 공수부대원 한 명이 학생들에 쫓겨서 적십자병원 앞 개천에 뛰어내리자 학생들이 뒤쫓아 내려 포위하고 돌로 치려는 순간, 적십자병원에서 흰 가운을 입은 김철부 당시 병리사가 뛰어가 시민들을 말리고 생명을 건 설득을 시작했다. 이어서 병원에서 들것을 든 직원이 나와 공수부대원을 병원으로 옮겼다.

항의하는 시위 군중들이 적십자병원을 포위하고 몽둥이를 들고 습격하려 하자 직원들 전원이 몸으로 막으며 적십자는 어느 편이건 상관없이 부상당한 사람을 치료한다고 설득하였다.

이때 공수부대에 이 일이 어떻게 알려졌는지 10분도 안 되어 공수부대원들이 들이닥쳤다. 50여 명의 시민, 학생들은 쫓겨서 병원 안으로 들어왔다. 이어서 총검으로 무장한 공수부대원들이 밀고 들어오려 하자 이무원 당시 적십자병원장과 의사, 간호사들이 결사적으로 눈물을 흘리면서 공수부대원들의 바지와 군홧발에 매달렸다. "나를 죽이고 들어가라"며 결사적으로 매달린 의사와 간호사 등 적십자 직원들의 진정한 용기 바로 그것이었다.

그러자 그 무서운 공수부대원들도 어쩔 수 없었는지 결국 무기를 내려놓고 들어왔으며, 이들은 지하의 물리치료실을 포함하여 복도에까지 꽉 찬 부상자들 가운데 공수부대원과 전투경찰, 시민, 학생 부상자들이 골고루 섞여 있음을 직접 확인할 수 있었다.

적십자병원에서는 그 누구도 체포되거나 불이익을 당하지 않았으며 공수부대원, 전투경찰, 시민, 학생 모두 생명을 보장받았다.

그 후 계엄군이고 시민군이고 간에 무기를 소지한 자는 혼란이 수습될 때까지 적십자병원에 그 누구도 출입하지 못했다. 이것은 당시 오정환 수위의 공이 컸다.

적십자병원이 공수부대원들이나 전투경찰이 무서워서 그들만 치료하고 시위 군중은 치료하지 않았거나, 반대로 광주 시민들이기도 한 병원 관계자들이 전투경찰과 공수부대원들이 밉다고 시위대 부상자들만 받았다고 가정해보라. 그 어느 경우도 적십자는 광주에서 발붙일 수 없었을 것이다. 그리고 초기 진압에 실패한 광주 지리를 잘 모르는 외지에서 온 경찰과 전투경찰은 공수부대원들에 의해 무장해제를 당하여 계엄군에 쫓기는 상황이 되었다.

광주 시민들은 "모든 사람은 형제다"라면서 한 사람도 다치지 않게 보호해주었다. 적십자 광주 · 전남 지사에서도 30여 명의 대원들을 상황이 끝날 때까지 보호해주었다.

무력 충돌시 오히려 빛나는 적십자, '중립' 적으로 '공평' 하게 일했기 때문에 양측으로부터 신뢰를 유지할 수 있었던 것이다. 그러나 말이 쉽지 엄정 중립을 지키는 데는 때로는 목숨을 바칠 정도로 용기가 필요한 것이다.

적십자에 날아온 석방 압력

각국 적십자사는 큰 재해가 나서 구호활동이 힘겹다고 판단될 경우처럼 국제적십자사연맹을 통해 각국 적십자사에 지원을 호소하는 수도 있지만 대부분의 경우 그때그때 알려야 할 사항, 협조가 필요한 사항을 다른 적십자사에 알린다. 일부 적십자사에만 알릴 때가 있고, 1969년 대한항공 여객기가 납북되었을 때나 1971년 남북적십자회담을 제안했을 때처럼 전체 회원국에게 편지를 내는 수도 있다.

북한적십자회(북한은 적십자사라고 하지 않고 적십자회라고 부른다)처럼 1995년 대홍수 이후 해마다 거듭되는 재해로 국제적십자사연맹이 해외에서 오는 원조를 포함하여 구호활동을 현지에서 조정하고 지휘하고 있는 경우, 그때그때 각 국에 상황보고를 하고 지원이 필요한 부분을 알리는 것을 연맹이 북한 적십자회와 상의하여 대행을 하고 있는데도 북한 적십자회는 연맹 모르게 몇몇 적십자사에 따로 또 지원을 요청하기도 했다. 물론 그 사실은 후에 밝혀졌고 연맹은 불쾌하게 생각했을 것이지만 겉으로 내색하지는 않았다.

표장 때문에 국제적십자사연맹 회원국으로 가입하지 못하고 있는 이스라엘의 경우 미국에 '이스라엘을 연맹 회원국으로 가입시키기 위한 추진본부'를 두고 가끔가끔 각 국 적십자사에 "우리가 표장 외에는 국제적십자운동의 모든 원칙과 규정을 충실히 지키고 있으니 회원국으로 가입할 수 있도록 적극 지원해달라"는 호소를 해오고 있다. 이스라엘은 '다윗의 방패(Magen David Adom)'를 쓰고 있기 때문이다.

이렇게 당사자가 편지를 직접 띄우는 것이 보통이나 다른 적십자사들에게 편지를 내줄 것을 요청하는 수가 있다. 문익환 목사 부인 박용길 씨에 대한 석방 요청 편지가 그 예이다. 1995년 정부의 허가 없이 북한을 방문하고 돌아와 구속된 박용길 여사. 아프리카의 잠비아 적십자사로부터 한 통의 편지를 받았다. 편지 문안에 북한 적십자회의 요청을 받았다는 말은 없었으나 과거 미전향 장기수를 북한으로 돌려보내라는 편지의 경우와 너무나 비슷하다.

편지는 상당히 길게 썼으나 내용은 문익환 목사 부인 박용길 여사는 양심수이니 대한적십자사가 나서서 석방시키도록 해달라는 이야기다. 국제적십자운동과 국제사면위원회(Amnesty International)를 혼동하고 있는 듯싶었다.

답신을 보내면서 우선, 전 세계 176개 적십자사가 함께 지키고 있는 국제적십자운동 기본 원칙 일곱 가지 중 적십자사가 "정부당국의 인도주의 사업의 보조자 역할을 하고 있고 기본 원칙에 따라 행동할 수 있도록 자율성을 유지해야 하면서도 국내 법규 준수"를 언급한 '독립(Independence)'의 원칙을 상기시켰다.

그러면서 "귀사는 국내 법규를 위반하여 수감된 사람을 석방할 수 있는 권한을 가지고 있는지 모르나 대한적십자사는 어디까지나 국내법의 적용을 받고 있기 때문에 국내법을 위반한 사람을 석방하라고 관계당국에 압력을 행사할 법적 근거도, 권한도 갖고 있지 않기 때문에 귀사의 요청을 들어줄 수 없음을 유감스럽게 생각한다"고 썼다.

그리고 우리가 할 수 있는 것은 구속 사유를 따지는 것이 아니라 수감상태, 즉 그가 인간적인 대우를 받고 있는지, 고문은 당하고 있지 않은지, 병이 났을 때 제대로 치료는 받고 있는지 등 그 안에서 부당한 대우를 받고 있는지 여부는 확인해줄 수 있다고 답하였다.

우리 국내인에게까지 관심을 보여준 데 대해 감사를 표하고 편지를 끝냈다.

답장에 수긍이 갔는지 그후 그 문제에 관하여 더이상 이야기가 없었다.

북한 적십자회가 그 적십자사에게만 편지를 냈을 리가 없는데 그건에 관해서 받은 유일한 편지였다.

제네바에 친구가 많아서

어버이 수령 덕에 지상낙원을 즐기던 북한이 1995년 대홍수로 역사상 처음으로 국제적으로 손을 벌리기까지 국제적인 모임에 참가해도 다른 나라 대표들과 거의 이야기를 하지 않기 때문에 북한 적십자회 인사들은 국제적으로 별로 드러나지 않은 편이다. 그러다가 엄청난 수재로 북한 적십자회는 국제적십자사연맹에 지원을 호소했고, 연맹은 이례적으로 조사단을 먼저 보내 실상을 파악한 다음 평양에 대표단을 상주시키고 구호활동을 총 지휘하게 되었다.

이러는 과정에서 북한 적십자회의 백용호 서기장(북한에서는 사무총장이라고 부르지 않고 서기장이라고 부른다)은 자연스럽게 연맹 구호활동의 상대역이 되었고, 구호활동이 예상 외로 길어지면서 그는 점차 국제사회에 알려지게 되었다. 그에 대한 연맹의 평가는 좋은 편이었다. 역사 이래 가장 정치적인 구호활동이라고 연맹이 부른 북한에서의 구호활동에서 백 서기장은 함께 일할 만하다는 평을 들었다.

나는 제네바에서 개최된 북한 지원국회의 등에서 그를 만났다. 백 서기장은 북한의 재해 현황에 대해서, 나는 대한적십자사의 북한 지원계획에 관해서 각각 발표할 기회도 있었다. 그는 시종 무표정했으나 정치적인 발언으로 회의장을 긴장시키는 일은 전혀 없었다.

북한 적십자회는 정부의 외교부 소속이다. 백 서기장은 북한에서의 긴급 구호활동이 진행중이었지만 1997년 6월 장승길 이집트 주재 북한대사가 망명을 하자 그 후임으로 카이로에 부임했다가 금년 초 다시 북한 적십자회 서기장으로 돌아왔다. 백 서기장뿐 아니라 북한 적십자회의 역대 위원장(북한 적십자회는 총재라고 부르지 않고 위원장이라고 부른다) 중에는 대사를 역임했다가 적십자회로 왔거나 위원장을 하다가 대사로 나가기도 한다.

1972년 최초의 남북적십자회담이 개최되던 당시 북한 적십자회 위원장이었던 손성필은 1990년 3월 러시아 주재 북한대사로 부임하여 약 8년 간 활동했으며, 1984년 남북적십자회담 당시 북측 부단장이었던 주창준 서기장은 후에 중국주재 북한대사로 일했다. 랑군 사태 당시 그곳의 북한대사였던 이성호 위원장은 10년 넘게 위원장을 했지만 끝내 서리라는 꼬리표를 떼지 못했다.

1994년 10월 국제적십자위원회가 제네바에서 극동지역 4개국 적십자사 관계자들을 위해 마련한 연수 프로그램에는 남북한과 중국, 몽골에서 각각 두 명씩 참가하여 적십자에 대한 집중적인 교육을 받았다. 국제위원회로서는 적십자 교육도 교육이지만 기회 닿는 대로 남북한 대표들을 한 자리에서 만나게 하려는 배려도 있었을 것이다.

우리는 한 호텔에 묵었으며, 호텔비는 국제위원회가 부담하고, 아침은 호텔에서 주고 점심과 저녁 식대는 돈으로 받았다. 8명이 처음 만난 날 모두 명함을 주고받았으나 북한 대표들은 명함을 안 갖고 왔다면서 주지 않았다.

그때 북한에서 온 대표 중 한 명인 최경린 부서기장은 나중에 북경에서 남북한이 옥수수인가 비료인가 지원 건으로 회담할 때 수석 대표로 나왔다. 그는 첫날부터 김영삼 대통령이 김일성 주석 사망시 조문하지 않은 것에 대해 시비를 걸어왔다. 나는 김일성 주석 조문하는 것과 적십자가 무슨 상관이 있느냐고 물었지만 그는 집요했다.

그 이야기를 계속하고 싶지 않았기 때문에 더 할 말이 없었다. 무슨 이야기든지 김일성 주석 조문으로 이야기를 몰고 가려고 해서 마주앉아 이야기하고 싶지 않았기 때문이다. 몽골 대표들과 중국 대표들과는 함께 점심을 먹기도 하고 공부 끝나고 호숫가를 함께 산책하기도 했지만 북한 대표는 언제나 따로 돌았다.

한두 번 점심을 같이 하자고 내가 제안한 적이 있지만 매번 "제네바에 친구가 많아서…"로 거절당했다. 일년에 몇 차례 제네바에 출장 왔던 나보다 처음 나온 그가 제네바에 친구가 더 많다고 해서 좀 놀랍기는 했다. 이유를 대려면 다른 이유를 댈 일이지.

우리만 빼놓고

어버이 수령 덕에 지상낙원에서 산다던 북한이 1995년 처음으로 홍수 사실을 외부에 알리고 도움을 요청했다. 국제적십자사연맹측으로서는 한번도 궁한 소리를 한 적이 없는 적십자사가 느닷없이 다 죽게 되었다고 하니 놀랄 수밖에.

연맹은 보통 어떤 나라에 재해가 발생하면 그 적십자사의 피해상황 보고와 지원요청 내용을 그대로 수용하고, 아주 특별한 경우, 예를 들어 너무 재해가 커서 피해상황을 조사하는 데 전문가의 힘이 필요한 경우 피해조사단을 현지에 파견하여 그 조사보고를 토대로 자매 적십자사들에게 지원을 호소한다.

북한이 알려온 피해상황이 너무 커서 확인할 수밖에 없었고, 이때부터 연맹은 조사단이나 구호팀 파견 등에 있어서 매우 까다로운 절차를 거치며 힘들게 구호활동을 진행하게 되었다. 피해 규모가 워낙 크기도 했지만 연맹도, 다른 적십자사들도 북한 적십자회에 맡기기에는 마음이 안 놓였던 것 같다. 페레티 칼비(Mr. Perreti Calvi) 씨 외

1인의 조사요원의 피해조사가 끝난 뒤 연맹은 본격적으로 구호활동
에 나섰다.

이때부터 눈에 보이지 않는 신경전이 시작되었다. 다른 적십자사
가 보낸 구호물자에는 그 적십자사 이름이 들어가는데 한국에서 보
내는 물자에는 대한적십자사라고 밝히지 못하게 했으며, 연맹이 전
세계 적십자사를 상대로 북한 내 구호활동, 특히 물자 분배의 투명
성을 보장하기 위한 모니터 요원 모집에 지원한 여러 나라 대표 중
한국 대표만 제외시킨 일, 지원국회의를 보통 현지에서 하는 게 관
례이기 때문에 북한을 지원하고 있는 적십자사들이 평양에서 회의
를 하게 되어 있었으나 최대의 원조국인 한국만 빼고 회의가 열리는
등 우리를 힘들게 한 것이 한두 가지가 아니었다.

이에 대해 북한에 직접 항의할 수 없었던 우리는 평양에 상주 대
표단을 두고 있던 연맹에 항의할 수밖에 없었다. 한국을 빼놓고는
회의를 안하겠다고 했던 연맹이 평양에서 회의를 개최한 사실을 연
맹을 통해서가 아니라 기자가 귀띔을 해주어 알고 나자 화가 났다.
그러나 점잖게 회의에 제외된 것을 유감스럽게 생각하며 회의에서
다루어진 주요 내용에 대한 정보를 우리에게도 나눠주기 바란다는
요청을 하자, 연맹 아태지역부의 담당 직원 야스오 다나카는 회의
내용은 빼고 일정표와 참가자 명단만 보내왔다.

화가 슬그머니 나 있는 상황에서 인도네시아 외교부와 국제적십
자위원회(ICRC) 공동 주최로 1996년 5월 자카르타에서 국제인도법
보급에 관한 세미나에 참석하고 있을 때 ICRC 대표로부터 연맹 사
무총장이 북한에 간다는 소식을 들었다. 서울에 전화를 걸고 제네바
에 전화해서 연맹 사무총장이 북한을 방문한 다음 한국에 잠간이라

도 들르도록 이야기해보라고 했더니, 나중에 전화가 오기를 북한에 들렀다가 일본 적십자사를 방문할 계획이기 때문에 서울에 들를 시간이 없다는 것이었다. 일본에 들르는 이유는 새로 부임한 일본 적십자사 총재를 예방하기 위해서라는 것이었다. 누가 오래 잡아두겠다고 했는가. 한 두어 시간 들러서 적십자사 총재나 기자들에게 북한 실정 등에 대해서 본 대로 이야기해달라는 것이었는데.

그동안 쌓인 것이 한꺼번에 쏟아져 나올 참이었다. 총재님과 상의하여 드디어 장문의 편지를 썼다.

첫째는 칼비 씨가 북한에서의 활동을 끝내고 귀국할 때나, 연맹 사무총장의 북한 방문, 그밖의 연맹 대표단의 북한 방문, 이 세 경우 우리는 매번 현재 북한을 위해 기부하고 있는 사람들이나 잠재적 기부자들을 위하여 한국을 잠시 들러 현지 사정을 설명해줄 것을 요청했으나 바쁘다는 이유로 거절하여 우리는 연맹보다는 로이터 통신과 계약관계를 갖고 있는 연합통신을 통해서 간접적으로 정보를 얻고 있다는 점.

둘째로 지난번 평양에서 열린 지원국회의에 우리가 제외되었다는 것은 대한적십자사의 북한 지원을 위한 모금운동뿐 아니라 그밖의 활동의 입지를 좁히는 처사라는 점.

셋째로 일본 적십자사의 신임 총재 예방이 북한 잠수함 침투사건 등으로 북한 지원활동이 위축될 처지에 있는 한국을 방문하여 격려하는 것보다 그토록 중요한가 하는 점.

그리고 넷째로, 한국기독교교회협의회(KNCC : National Council of Churches in Korea) 이름도 선명히 찍힌 구호품 사진이 실린 신문을 보내며 왜 우리는 대한적십자사 기증이라는 말을 쓸 수 없느냐고 항의했다.

강영훈 총재님은 어찌나 화를 내시는지 연맹 분담금도 내지 말라는 것이었다. 위의 내용을 상당히 외교적으로 점잖게 썼으나 우리가 얼마나 불쾌하게 생각하고 있는지는 충분히 전달이 된 셈이다.

아태지역 부장이 한밤중에 집으로 전화하고 변명과 사과를 길게 하면서 곧 사무총장을 모시고 한국을 방문하겠다는 것이었다. 정말로 얼마 안 있어 그 바쁜 연맹 사무총장과 아태지역 부장이 일부러 제네바에서 한국을 방문했다. 일본 가기 전에 반나절만 한국을 방문했으면 이렇게 먼 길을 두 사람이 사흘씩 시간 내서 오지 않아도 될 것을 하고 그들도 후회했을 것이다. 총재님도 화가 풀리셨는지 연맹 분담금을 내주라고 하셨다.

북한 지원은 인도적 배려와 정치적 배려 사이에서 많은 갈등을 겪으며 진행되었다. 연맹 관계자들도 전 세계에서 많은 구호활동을 해 봤지만 이번처럼 정치적인 구호활동은 처음이라고 말했다.

복잡하고 어려운 일일수록 원칙대로 처리해야 한다는 것은 북한 지원활동에서도 여실히 증명되었다.

사람값이 다르다

1985년, 12년 만에 남북적십자회담이 재개된다고 전국이 떠들썩할 때 제네바로부터 연락이 왔다. 연맹 직원 한 명이 휴가차 방콕에 갔다가 식중독이 걸린 상태에서 서울의 친구를 만나러 왔다가 병원에 입원해 있는데, 스위스 항공에서 의료진이 그를 데리러 서울에 갈 계획이니 협조를 해달라면서 그들의 도착 일정을 알려왔다.

이 연락을 받기 전 그 연맹 직원이 개인적으로 알고 있는 전 서울 지사 조준동 사무국장으로부터 이야기를 듣고 그가 입원해 있던 신촌 세브란스 병원에 이미 다녀온 상태였다. 그는 세브란스 병원 응급실에 들어오자마자 수술실로 옮겨져 수술을 받았던 것이다. 독일에서 간호사로 일한 적이 있는 간병인을 구해주는 등 병원은 최선을 다하고 있었다.

학생들이 한창 데모하고 있을 때라서 최루탄 때문에 창문을 못 열어놓으니 더울 수밖에. 자기 국민이 객지에서 입원하고 있다고 찾아온 스위스 대사 부인에게 어찌나 덥다고 불평했는지 내가 갔을 때

선풍기를 들고 찾아온 대사 부인을 병실 앞에서 만났다.

나는 도착시간에 맞춰 공항으로 나갔다. 스위스 항공이 파견한 의사 한 명과 간호사 한 명이 도착했는데, 간이 들것에다가 모포, 여행용 각종 의료장비 등으로 짐이 어마어마했다. 그들이 미리 예약해놓은 조선호텔에 짐을 풀어놓자 곧 병원으로 안내해달라는 것이었다.

그들은 환자를 만나기 전에 담당 의사를 만나겠다고 해서 윤방부 박사와 또 한 명의 의사를 만났다. 그들은 한결같이 조금만 늦었으면 생명을 잃었을 것이라고 말하면서 진찰과정에서부터 수술과정까지 차례로 찍어놓은 슬라이드를 보여주며 스위스 의사에게 차근차근 설명해나갔다. 스위스 의사는 연신 고개를 끄덕이면서 간간이 질문을 했으며, 질문에 대한 한국측 의사들의 답변은 자신에 차 있고 확실했다. 병실로 환자를 찾아본 의사는 한국에 왔기 때문에 목숨을 건졌다면서, 한국 의사들의 실력을 아주 높이 평가하는 것이었다.

귀국일은 이틀 후로 되어 있었기 때문에 그 다음 날은 병원에 들렀다가 자기들끼리 시간을 보내겠노라고 해서, 떠나는 날 호텔에서 만나 짐을 싣고 병원으로 함께 갔다. 미리 항공사측에 이야기해서 병상을 놓을 수 있도록 이코노미 클래스 맨 앞줄의 좌석을 몇 개 치웠다. 병원에서 내준 구급차로 비행기 아래까지 길 수 있도록 했고 환자복은 스위스까지 입고 갔다가 보내주기로 하는 등 떠나는 순간까지 일이 많았다.

문제는 병원비였다. 스위스의 보험회사가 치료비, 입원비를 다 부담하게 되어 있었지만 퇴원 수속할 때까지 돈이 도착하는 것은 무리였다. 그날 나는 세브란스 병원과 스위스 대사관에 정말 감사했다. 스위스 대사가 보증을 서겠다고 제안했으며, 세브란스측도 그 제의를 흔쾌히 받아주었던 것이다. 모든 것이 순조로워 스위스에서 온 의사, 간호사와 함께 차를 타고 공항으로 향했다.

신촌에서 김포까지 가는 동안 얼마 안 되는 시간이었지만 우리는 경쟁하듯 이야기를 이어갔다. 어제는 뭘 했는가에서부터 뭘 그렇게 열심히 쓰고 있는가에까지. 그들은 그 전날 병원에 들른 후 둘이서 남대문시장에 가서 신나게 쇼핑한 후 오후에는 민속촌에 갔다 왔다는 것이다. 남대문시장에 가서 쇼핑한 이야기를 할 때는 마치 횡재라도 한 듯이 신이 났으며, 입맛을 다셔가며 민속촌에서 맛본 동동주와 파전 이야기를 했다. 물론 손금 본 이야기도 빼놓지 않았다. 공항으로 향하는 차 안에서 엽서 쓰던 것을 마무리해서 나더러 부쳐달라고 한 뭉치를 주면서 언제 준비했는지 우표까지 챙겨주는 것이었다. 2박 3일의 짧은 일정이었지만 기분 좋은 만남이었다.

그 연맹 직원은 귀국 후 고맙다는 편지와 함께 깨끗하게 빨아서 다림질한 환자복과 과자 한 상자를 보내면서 세브란스 병원측에 전해줄 것을 요청해서 전달하러 병원에 갔다. 여전히 의사도 간호사들도 친절했다.

뜻밖의 손님들 때문에 모처럼 서울에서 열리는 남북적십자회담 뉴스를 놓쳤지만 전혀 불만은 없었다.

한편 우리 국민이 대한항공이나 아시아나 항공을 타고 외국에 관광 갔다가 병이 나서 입원했을 때 그곳 한국 대사 내외가 이번 스위스 대사 내외처럼 수시로 들여다보고, 덥다고 하면 선풍기 들고 오고, 퇴원할 때 미처 돈이 준비가 안 되었을 경우 보증을 서주었을까 하는 것과 그 두 항공사에서 한 사람의 승객을 위해 자기네 비용을 들여서 의료진과 각종 장비를 보내어 데려오는 수고를 했을까 하는

생각을 해보았다. 유감스럽게도 그랬을 것이라는 확신이 서지 않았
다. 사람 값이 다른 것일까.

어떻게 알았을까

국제적십자사연맹은 1994년부터 헌장 개정을 추진하고 있었다. 그 내용 중에는 부총재 수와 그 역할을 비롯하여 총회 진행 절차 등 광범위한 개정작업이 포함되어 있었다. 연맹은 개정안을 각 국 적십자사에 보내면서 의견을 물었다. 개정안 중에 특히 눈길을 끈 것은 준회원제도였다. 어느 나라에 적십자사가 생기면 국제적십자위원회가 그 자격을 심사하여 승인을 한 다음에야 적십자사연맹 회원으로 가입하게 되는데 준회원제도가 도입되면 국제적십자위원회의 사전 승인 없이 연맹의 준회원으로 가입할 수 있게 된다. 적십자사의 사전 승인 요건에는 인도나 중립, 독립, 보편 등 국제적십자운동 기본 원칙을 준수해야 하는 비정치성을 철저하게 요구하고 있다.

우리는 준회원제도를 굳이 주장하는 이유를 이해할 수가 없었다. 어쩌면 정치적 색채를 띤 단체가 준회원으로 가입할 수도 있고, 잘못하면 한 나라에 두 적십자사가 생길 위험성(?)도 보였다. 우리는 국제적십자운동의 창설기구이고, 새로 생기는 적십자사의 승인을

책임진 국제적십자위원회의 의견을 듣기로 했다. 준회원제도의 제
안설명과 의견을 묻는 우리의 편지에 국제적십자위원회는 성의 있
는 답변을 해주었다.

우리가 우려한 내용을 그들도 염려하고 있었다. 적십자운동의 기
본 원칙의 수호자이기도 한 국제적십자위원회의 의견도 우리 의견
과 같으므로 우리는 다른 것은 몰라도 준회원제도 도입안에는 반대
의견을 제출했다.

얼마 후 아태지역 봉사원 대회를 위해 연맹 사무총장과 아태지역
부장이 서울을 방문했다. 잠깐 보자는 제리 탈보트(Mr. Jerry Talbot)
아태지역 부장의 말에 한구석으로 가니 연맹헌장 개정안에 대해 이
야기를 꺼내는 것이었다. 그는 우리가 준회원제도에 반대한 것에 대
해 이야기하지 않고 우리가 국제적십자위원회에 의견을 물은 것에
대해 말하고 있었다.

그의 말이 끝나자 나는 그에게 1863년 국제적십자운동이 시작된
이래 국제인도법과 국제적십자운동 기본 원칙의 수호와 보급 등을
맡아서 해온 국제적십자위원회에 적십자사가 의견을 물은 것이 무
엇이 잘못되었다는 것인가 하고 물었다.

탈보트 부장은 내 질문에는 대답하지 않고 조지 웨버 사무총장이
몹시 언짢아한다는 것이었다. 모르는 것에 대해 전문 기관에 문의한
것을 왜 못마땅하게 생각한다는 것인지 나는 아직도 이해하지 못한
다. 이보다도 우리가 국제적십자위원회(ICRC)에 편지를 보낸 것을
연맹이 어떻게 알아냈는가 하는 점은 아직도 풀리지 않는 수수께끼
이다.

IMF와 연맹 분담금

1997년 11월 20일부터 스페인의 세비야(Seville)에서 개최된 제11차 국제적십자사연맹 총회기간 중 연일 보도되는 한국 경제의 위기 사태로 우리 대표단은 참담한 심정이 되었다. 대표단장은 경제 위기(Economic crisis)가 아니라 재정 위기(Financial crisis)라고 애써 불안을 덜려 했으나 경제 위기는 뭐고 재정 위기는 또 뭐란 말인가.

해마다 한두 차례씩 제네바에서 개최되는 지원국회의가 이듬해 2월 개최되었으나 도저히 참석할 수가 없었다. 예산이 없어서가 아니었다. 돈이 없어서가 아니었다. IMF의 관리를 받는 주제에 누구를 원조한다는 것이 우습게 보일 것이기 때문이다. 뿐만 아니라 말할 수 없이 기분이 저조해서 누구를 만난다는 것조차 내키지 않았기 때문이다.

1970년대부터 대한민국 정부는 경제개발계획의 성공적인 추진을 국내외에 대대적으로 홍보하였으며, 이것은 적십자사에도 영향을 크게 미쳤다. 각국 적십자사의 재정부담 능력과 정부의 유엔 분담금, 그리고 지난 6년 간의 실적을 근거로 분담금 배정위원회가 정하는 분담비율이 참으로 힘겹도록 급증하고 있던 중 IMF 시대를 맞이하게 된 것이다.

우려했던 대로 그 해 처음으로 적십자회비 모금이 저조하여 목표액에 미달되었다. 각 부서는 이에 따라 사업의 우선 순위대로 예산을 다시 조정하지 않을 수 없었다. 국제부 예산을 아무리 들여다봐도 줄일 데가 없었다. 연맹 총회가 열릴 때마다 여러 해에 걸쳐 분담금을 납부하지 못하는 적십자사들의 분담금 배정 비율을 조정하는 결의안을 채택했던 것과, 언젠가 외환 사정이 어려웠던 브라질 적십자사가 미납된 분담금을 현금 대신 커피로 낼 수 없느냐고 발언했던 것을 떠올리며, 차제에 내라는 대로 꼬박꼬박 냈던 분담금을 깎아보자는 생각이 들었다.

일차적으로 연맹 사무총장에게 우리 회비도 잘 안 걷히고 전망도 상당히 비관스러운 형편이니 분담금 비율 재조정을 고려해줄 것을 간곡히 요청했다. 회의에서 만난 연맹 아태지역 부장은 진심으로 걱정해주면서 연맹 사무국보다는 연맹 재정위원장 앞으로 편지를 띄우는 것이 좋겠다는 의견을 주었다. 그래서 오자마자 재정위원장 앞으로 편지를 썼다. 답이 없었다.

1998년 11월 베트남의 하노이에서 제5차 아태지역 적십자 총회가 개최되었다. 두 개의 분과 중 이 지역의 경제적 변화와 그 대응문제를 우선적으로 다룬 한 분과에서 이 문제를 거론하기로 정했다. 마침 연맹 사무차장도 참석하고 있어서 이야기하기가 좋았다. 발언권을 얻어 한국을 비롯한 이 지역 여러 나라가 현재 겪고 있는 경제적인 어려움과 민간 단체들의 모금 저조로 인한 사업의 위축 등을 설명하면서 연맹은 이러한 어려움을 이해하고 있는지 묻고 한번쯤은 전화로라도 위로를 받고 싶었다는 이야기도 곁들이면서 언제가 될지는 몰라도 경제사정이 좋아질 때까지 연맹 분담금 비율 조정을 고려해줄 것을 요청했다.

속이 답답하여 앉아 있던 태국 등 여러 적십자사 대표들의 반응은 매우 좋았다. 오전 회의가 끝나자 연맹 사무총장이 만나자고 하였다. 나는 분담금 문제를 이야기하면서 말레이시아의 분담금이 2,400 스위스 프랑인데 비해 한국은 54만 스위스 프랑이니 너무 많지 않느냐고 다시 한번 부탁하면서 한 가지 제안을 내놓았다.

어떤 지역에 큰 재해가 발생하면 각국에 지원을 요청하기 전에 우선적으로 현금을 지원하기 위한 구호기금이 연맹에 있는데 대한적십자사는 아직까지 한 번도 이 기금에 돈을 낸 적이 없어서 언제고 여유가 생기는 대로 돈을 보내리라고 생각했었기 때문에 분담금을 깎아주면 그 중 일부를 구호기금에 내겠다는 제안을 한 것이다.

그러고 나서 한 달쯤 지나 교육원으로 발령을 받았고, 분담금 문제는 후임자에게로 넘어갔다. 그러던 중 어느 날 연맹에서 전화가 왔다(8시간의 시차 때문에 주로 밤에 전화가 온다. 북한 적십자회의 나의 카운터 파트였던 국제부장이 갑자기 죽었다는 연락도 한밤중에 받았다). 내가 자리를 옮겼지만 분담금 문제로 애쓴 것을 알고 있는 아태지역 부장은 분담금 배정률을 1.893%에서 1.708%로 낮추기로 했다고 알려왔다. 이로써 1999년도의 분담금은 53만 9,164스위스 프랑(약 3억 6,400만 원)에서 48만 6,473스위스 프랑(약 3억 2,800만 원)으로 약 3,600만 원을 깎아준 셈이다.

그로부터 여러 달 후 국제부 직원을 만났을 때 연맹과의 약속이 생

각나서 국제구호기금에 돈을 얼마나 보냈는가고 물으니 안 보냈다
는 것이다. 사무총장의 허락을 받고 한 그 약속은 한 개인이 한 약속
이 아니지 않은가. 대한적십자사와 국제적십자사연맹 간의 약속은
이렇게 깨끗이 무산되고 말았다.

대한적십자사는 1909년 7월 일제에 의해 강제로 폐사되었으며 당시 독립문 밖에서 거행된 폐사식 모습은 이 나라의 비극을 상징하는 한 단면이기도 하다.

1919년 상해 임시정부에 의해 부활된 '대한적십자회'의 응급구호반(위).
한국동란 중에 부산에 개설된 스웨덴 적십자병원은 1953년 9월 24일 개원 2주년 기념식을 가
졌다(아래).

농민들의 바쁜 일손을 덜어주기 위한 농번기 임시 탁아소도 1960년대부터 마련됐다(위).
1959년 남부지방을 강타한 사라호 태풍 이재민 구호 모습(아래).

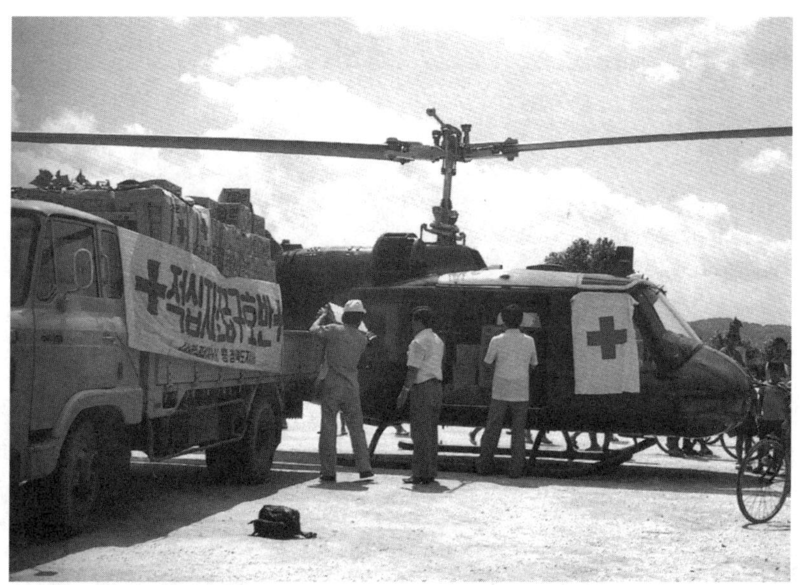

적십자 깃발 아래 제일 먼저 재해 현장에 수송되는 적십자 구호물자는 실의에 빠진 이재민들에게 큰 용기와 재활의 힘이 되어준다(위).
1975년 망국의 비극을 안고 우리 해군 함정 편으로 부산항에 도착한 베트남 난민들을 적십자 봉사원이 안내하고 있다(아래).

한국청소년적십자 창립 30주년을 기념하는 제주도 횡단 국제 캠프가 우리 나라를 비롯한 7개국 RCY단원 1,000여 명이 참가한 가운데 1983년 8월 11월부터 16일까지 5박 6일 간 열려 공동생활을 통한 상호이해와 친선을 다졌다(위). 대한적십자사는 2,000개 학교 16만여 명의 RCY 단원들에게 적십자정신을 가르치고 각종 사회봉사 활동 참여를 통해 바람직한 민주시민으로서의 인격을 형성시키고자 노력하고 있다(아래).

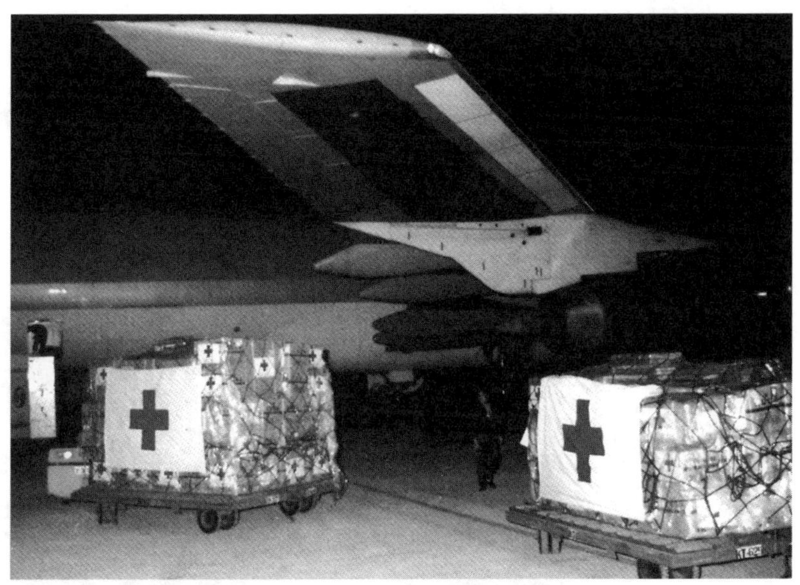

대한적십자사는 국력의 신장에 발맞추어 재해를 당한 자매 적십자사에 긴급 구호품을 전달, 이
재민을 돕고 있다.

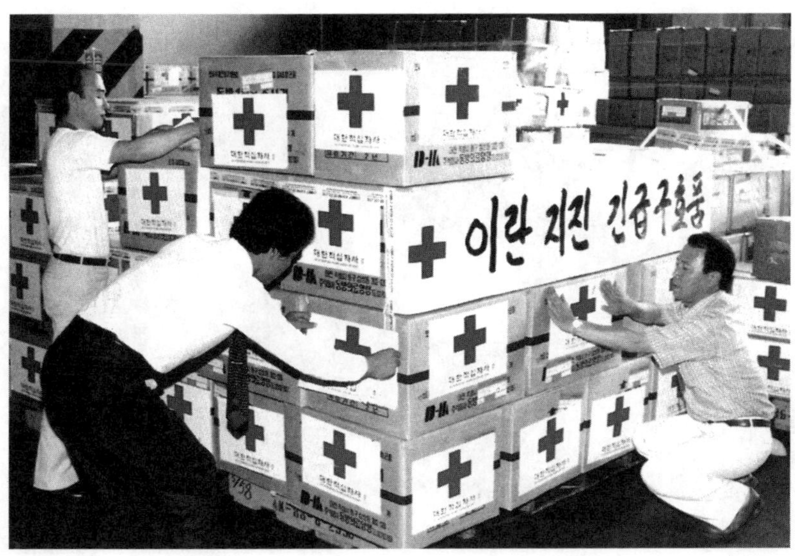

보건사업의 일환으로 적
십자 이동순회 진료반이
수시로 도시 저소득층 지
역과 오지 농어촌을 찾아
사랑의 인술을 펼친다
(위).
소련 사할린 거주 동포
모국 방문 사업으로
1990년 한 해 동안 두 차
례의 무연고 동포들을 포
함해 모두 10차에 걸쳐
총 1,020명의 동포가 몽
매에도 잊지 못하던 고
향땅을 밟을 수 있었다
(아래).

5

적십자 이야기

프랑스혁명에서 솔페리노 전투까지

나폴레옹 전쟁과 비인회의

1789년에 시작된 프랑스혁명은 자유와 평등을 모토로 한 새로운 시민사회를 출발시켜 입헌군주정을 폐지하고 공화정을 실현, 근대 민주국가의 기본원리를 낳았다. 그러나 혁명은 새로운 혼란과 무질서를 낳아 마침내 나폴레옹의 군사독재를 부르고 말았다.

그러나 이렇게 프랑스혁명을 매듭짓고 프랑스 황제로 군림했던 나폴레옹(Bonaparte Napoléon, 1769~1821)의 유럽 전역에 걸친 세력 확장의 꿈은 마침내 1812년 모스크바 원정 실패로 깨어지고, 1813년 영국, 네덜란드, 프로이센, 러시아, 오스트리아 등의 동맹국 군대에게 패배해 이듬해인 1814년 3월에 마침내 파리를 빼앗기고 말았다.

4월 20일 남쪽으로는 지중해 일대에서 북쪽으로는 모스크바까지 유럽의 대부분을 피로 적신 '나폴레옹 전쟁'은 종말을 고하고 나폴레옹은 엘바 섬으로 유배되었다.

5월 30일 대불동맹[1] 여러 나라들은 파리조약(Treaty of Paris)을 체결, 프랑스 영토를 1792년 당시의 경계선으로 환원시키고 부르봉 왕조를 부활시켜 루이 16세(Louis XVI, 1754~1793)의 아우 루이 18세(Louis XVIII, 1755~1824)를 즉위시켰다. 그러나 나폴레옹과 그의 친족이 지배하고 있던 프랑스 이외의 다른 지역은 어떻게 할 것이냐 하는 문제가 결정되지 않아 이를 위해 1814년 9월 프랑스 대표를 포함, 오스트리아, 프로이센, 러시아, 영국 등 유럽 여러 나라 대표들이 한자리에 모이는 국제회의가 비엔나에서 열렸다. 이것이 비인회의(Congress of Vienna)이다.

그러나 각국의 이해관계가 걸려 있는 이 회의는 해를 넘겨도 결말이 나지 않았다. 이러는 동안에 나폴레옹이 엘바 섬을 탈출, 파리로 진격하자 서둘러서 비인회의 최종의정서를 6월 9일 체결하였다. 나폴레옹이 워털루 전쟁에서 다시 패배하고 남대서양의 세인트 헬레나 섬으로 유배된 것은 이 의정서 조인 직후이다.

이 회의 결과 유럽은 재편성되어 러시아는 나폴레옹 전쟁중 스웨덴에서 얻은 핀란드의 종주권(宗主權)을 계속 보유하고, 바르샤바 대공국을 거의 다 얻어 폴란드 왕국을 수립, 러시아 황제가 이 왕국의 국왕을 겸했다. 프로이센은 바르샤바 대공국의 북부지방과 라인 강 중류의 베스트팔렌(Westfalen)과 라인란트(Rheinland), 작센의 북부, 스웨덴령 서 폼메른(Pommern)을 얻었으며, 영국은 17세기 후반부터

---

1) 대불동맹 : 1790년 초에서 1810년대 초까지 프랑스에 대항했던 나라들이 4차에 걸쳐 체결한 동맹. 참가국은 때에 따라 다르지만 영국, 스웨덴, 네덜란드, 프로이센, 러시아, 오스트리아, 이탈리아, 에스파니아 외에 터키까지 광범위했다.

강력한 해군력을 이용, 해외 식민지를 넓혀나갔다.

오스트리아의 이탈리아 지배

한편 오스트리아는 나폴레옹 전쟁중 잃었던 독일과 이탈리아의 영토를 차지했으며, 네덜란드의 옛 영토를 포기하는 대신 북부 이탈리아의 롬바르디아(Lombardie)와 베네벤토(Benevento)를 얻었다. 즉 베니치아(Venezia)와 롬바르디아는 롬바르디아 베네토 왕국(Lombardie Veneto)으로 개조되어 오스트리아 총독의 지배를 받는 속국이 되었다. 그러나 오스트리아의 이탈리아 지배체제는 여기서 그치지 않았다. 즉 롬바르디아 베네토 왕국에는 직접 총독을 두었고 파르마(Parma), 모데나(Modena), 토스카나(Toscana)의 3개 공국(公國, Duchy)에는 오스트리아 합스부르그 왕가[2]의 친족이 군림했고, 시칠리아 왕국과 사르디니아 왕국에는 오스트리아식 반동정치[3]를 강요했으며, 교회국가 로마에는 오스트리아 군대를 주둔시켰다.

그러나 이러한 오스트리아의 지배 및 복고 왕정의 반동정치는 나폴레옹 시대의 근대적 정치를 통해 민족의식에 눈뜬 이탈리아의 지식층과 진보적 청년귀족 사이에 크게 반발을 일으켰다. 때마침 1820년 봄 에스파니아 혁명이 성공을 거두었다는 소식이 전해지자 나폴리를 시발점으로 시칠리아, 사르디니아 등지에서 이탈리아 해방과 헌정

---

2) 합스부르그 왕가 : 1273년 루돌프 1세가 제위에 올라 신성로마제국 · 오스트리아 왕가로 계속되다가 1806년 나폴레옹 때문에 신성로마황제의 칭호를 사퇴, 1918년 제1차 세계대전 결과 카알 1세의 퇴위로 막을 내림.

3) 오스트리아식 반동정치 : 여기서 반동정치란 모든 프랑스적인 적, 새로운 것을 전면 거부하고 종교재판 등 중세적인 것을 강요하는 중앙집권적 정치이다.

(憲政)을 요구하는 혁명이 일어났다. 그러나 이러한 반란은 각 도시의 개별적인 행동인 데다가 대규모의 시민혁명이 아닌 일부 귀족과 지식인들의 저항이었으므로 오스트리아에 진압될 수밖에 없었다.

이때 제네바에 나타난 마치니(Giuseppe Mazzini, 1805~1872)는 '청년 이탈리아(Giovine Italia)'를 전국에 조직하여 1833년 피에몬테에서 민중봉기를 시도했으나 실패하고, 스위스와 영국에서 제2의 봉기를 계획했다. 이러한 민주동맹의 영향으로 유럽에는 '청년 스위스' '청년 유럽' 등의 조직이 생겼다. 한편 이탈리아 국내에서는 롯시니 (Gioacchine Rossini, 1792~1868), 도니제티 (Gaetano Donizetti, 1797~1848), 베르디(Giuseppe Verdi, 1813~1901) 등 이탈리아 해방과 통일의 꿈을 음악에 담는 애국적 음악가들이 활약했다.

1848년 파리의 2월혁명4) 소식은 이탈리아 해방전쟁을 위한 시민봉기에 다시 불을 질러 시칠리아를 시작으로 롬바르디아, 모데나, 파르마 등지로 빠른 속도로 퍼져나갔다. 처음에는 국외의 지원 없이 해보려고 했으나 오스트리아 주둔군에 의해 좌절되고 말았다.

1848~49년 혁명 뒤 이탈리아의 여러 나라는 그야말로 비참한 상태였다. 롬바르디아와 베네토 두 지방은 오스트리아 장군 라데츠키

---

4) 2월 혁명 : 주로 상층 부르주아의 이익을 중시하던 루이 필립의 7월 왕정이 1845년 이후의 경제 불황과 중소 부르주아와 노동자의 선거권 확장요구 등으로 위기를 맞게 되었다. 산발적인 소규모의 시위가 1848년 2월 22일 대규모의 군중시위로 발전했으며 시위대원과 정부 진압군과의 유혈충돌로 사태는 걷잡을 수 없이 발전, 마침내 국왕 루이 필립이 퇴위, 18년간 계속되던 왕정이 공화정으로 바뀌었다. 그러나 그 해 12월 쿠데타를 통해 대통령 임기를 10년으로 연장시킨다. 이듬해인 1852년 1월 새 헌법에 의해 독재를 확립했으며, 52년 11월 제정(帝政)의 부활을 국민투표에 부쳐 12월 2일 나폴레옹 3세로 제위(帝位)에 올랐다.

(Joseph Graf Radetzky, 1766~1858)의 지배를 받았고 파르마, 모데나 등은 전제정치가 부활되었다. 그러나 사르디니아 왕국만은 예외였다. 오스트리아의 위협에도 불구하고 사르디니아의 엠마뉴엘레 2세 (Emmanuel Ⅱ)와 영국의 진보적 사상의 영향을 받은 카부르 (1810~1861) 수상은 오스트리아의 세력을 이탈리아 반도에서 몰아내려면 영국과 프랑스의 지원을 받아야 한다고 판단, 크리미아(The Crimean War) 전쟁5)에서 고전하던 이들 국가의 환심을 사기 위해 국내의 반대를 무릅쓰고 1855년 4월 1만 7,000 병력을 크리미아 전선에 보내 국제적 지위를 향상시키고, 프랑스의 나폴레옹 3세 등을 자주 만나 이탈리아 문제를 국제 여론화했다.

솔페리노 전투

당시 나폴레옹은 그의 선조들이 지배한 일이 있는 이탈리아의 민족운동에 많은 관심을 가졌을 뿐 아니라 이탈리아에서 오스트리아

---

5) 크리미아 전쟁 : 프랑스가 혁명에 몰두해 있는 사이 러시아의 지원을 받은 그리스 정교도(正敎徒)들이 16세기 이래 프랑스가 장악하고 있던 터키 영내의 성지 예루살렘의 관리권을 가로채자 루이 나폴레옹은 국내 가톨릭교도의 환심을 사려고 1852년 무력으로 터키 정부를 굴복시키고 관리권을 되찾았다. 이에 발칸을 거쳐 지중해로 남진할 기회를 엿보던 러시아의 니콜라이 1세는 터키 영내의 그리스 정교도들에 대한 보호권을 구실로 1853년 7월 침략을 개시하자 영ㆍ불 두 나라의 함대가 보스포러스 해협에 출동, 터키와 공수동맹을 맺고 10월 러시아에 선전포고를 했다. 전쟁은 1854년 10월부터 다음해 9월까지 약 1년 동안 크리미아 반도의 세바스토폴(Sevastopol, 지금의 아키아르-Achiar)에서 계속됐다. 천연 요새인데다가 불순기후에 콜레라까지 겹쳐 양측 다 힘들게 치른 이 전쟁은 간호원의 선구자 나이팅게일(Florence Nightingale, 1820~1910)이 40명의 간호사를 이끌고 도착, '크리미아의 천사' 로 모든 부상병을 간호한 유명한 전투이기도 하다. 그 사이 니콜라이 1세는 죽고 사르디니아군까지 연합군에 합세, 러시아는 마침내 굴복하여 1856년 3월 비인회의 이후 최대 규모의 강화회의가 파리에서 열렸다.

의 세력을 몰아내고 프랑스권 내에 이탈리아를 끌어들이기를 원했다. 1859년 1월 사르디니아는 프랑스와 군사동맹을 체결했다. 이에 오스트리아는 군대를 증강시켰다. 4월 29일 오스트리아군이 진격하기 시작하자 사르디니아는 방어를 구실로 독립전쟁의 막을 올렸으며 나폴레옹 3세도 10만여 병력을 직접 인솔하고 북이탈리아에 출동하여 동맹군을 지휘했다. 그러나 젊은 황제 프란시스 요셉(Francis Joseph)이 이끄는 오스트리아 군대도 만만치 않았다. 전투는 몬테벨로(Montebello), 팔레스트로(Palestro), 마젠타(Magenta), 멜레냐노(Melegnano) 등 롬바르디아 평원에서 2개월 가까이 밀고 밀리며 계속됐다. 30만 명 이상의 병력이 대치하고 있던 전선은 그 길이가 20킬로미터에 달했다. 그러나 양측 군대의 결정적인 피의 접전은 6월 24일 솔페리노(Solferino) 전투로서 이 전쟁터가 바로 적십자운동이 싹튼 곳이다.

스위스의 청년 실업가 앙리 뒤낭(Henri Dunant)이 이곳을 목격했을 때는 15시간 이상 계속된 처절한 전투가 4만 명 이상의 사상자를 내고 막 끝났을 때였다.

이탈리아 통일전쟁은 그 후 1861년까지 계속됐다. 로마교황령과 북부의 베네토를 제외한 이탈리아 전역에 1월 총선거가 실시되어 최초로 이탈리아 국회가 토리노에서 열렸다.

그 해 3월 14일 사르디니아 왕국의 엠마뉴엘레 2세가 정식으로 이탈리아 국왕의 칭호를 사용하게 되었으며, 이때부터 토리노를 수도로 삼은 이탈리아 왕국은 영국식 입헌군주정을 실시하게 됐다.

전쟁과 아동

전쟁이 일어나면 가장 큰 피해를 입는 것은 민간인들이다. 제1차 세계대전 때 민간인 사상자는 전체 사상자의 5%에 불과했으나 제2차 대전에서는 65%로 늘어났다. 한국전쟁 중 국군 전사자는 14만 1,000명인 반면 민간인 사망자는 24만 4,000명으로 기록되고 있다. 특히 최근 10년 동안 민간인 사상자는 90%로 증가했으며 그 중 40%가 어린아이들이다. 지난 10년 동안 200만 명의 어린이들이 전쟁으로 사망했고 600만 명이 부상했다.

전쟁에서 목숨을 잃는 것은 무기에 의해서만이 아니다. 기아와 질병, 식수부족은 총이나 대포만큼 무섭다. 전쟁이 일어나면 식량공급, 방역체계는 붕괴되며 아이들은 질병과 위험에 그대로 노출된다. 코소보에서는 5세 미만 어린이의 절반이 각종 예방접종을 제대로 받지 못하고 있으며, 아프가니스탄에서는 5세 미만 어린이 360만 명의 예방접종을 하려면 내전 당사자들의 일시적 휴전이 선행되어야 한다.

전쟁이 끝난다고 해도 후유증은 오래 남으며, 이 후유증은 어른보다 어린이들에게 훨씬 심각하다. 전쟁중 부모가 사망하거나 피난중 가족과 헤어지는 등 홀로 남는 어린이가 전세계적으로 1,500만 명에 달한다. 또 전쟁기간 중 겪은 극단적 경험은 정신적으로 깊은 상처를 남김으로써 정신장애를 일으키고, 증오심에서 비롯된 포악성은 또 하나의 불안요소로 남게 된다. 크고 작은 국제전(國際戰), 국지전(局地戰)은 어린이들이 정상적인 생활을 할 수 있는 기회를 박탈해버리고 만다.

뿐만 아니라 그 누구보다도 보호를 받아야 할 아이들이 세계 도처의 분쟁지역에서 직접 전투에 참가하고 있다. 국제형사재판소(ICC : International Criminal Court)의 최근 보고서에 의하면 각종 지역분쟁에 참여하고 있는 18세 미만의 소년병은 30만 명에 이르며, 지난 1987년 이후 전사한 소년병은 200만 명에 달한다. 가족과 떨어져 혼자 남은 경우, 전투에 가담함으로써 숙식문제를 해결하기도 하고, 전쟁으로 교사들이 징집되고 학교 건물이 징발되어 자연스럽게 가담하기도 한다. 강제로 납치되는 경우도 드물지 않다.

무기의 경량화(輕量化), 자동화(自動化)도 아이들을 전쟁터로 몰아넣는 한 요인이 된다. 어린이들은 조작이 간단한 장난감 아닌 진짜 무기를 들고 병정놀이하듯 전쟁에 뛰어들고 있다. 이들은 생명의 고귀함도, 죽음의 두려움도 전혀 실감하지 못한다. 이들은 전투원으로 동원되는 외에 총알받이로 동원되거나 지뢰밭에 내몰리기도 한다. 심지어 여자아이들은 전장의 성적 노예로 이용되기도 한다. 20년에 걸친 내전중인 캄보디아의 경우 작년 한 해 동안 1,400명이 사망했으며, 이 중 240명이 17세 미만이다. 적십자 관계자는 반군이 최근 전력(戰力)이 급격히 약화되자 10세 미만의 어린이까지 무차별로 징병하고 있다고 밝히고 있다.

제네바협약은 민간인 보호에 관한 규정으로 아동의 보호에 관한 별도의 규정을 두고 있으며, 15세 미만의 아동이 직접 전투에 참여하는 것을 금하고 있다(제1 추가의정서 제77조). 아동의 권리에 관한 협약(UN Convention on the Rights of the Child)도 제38조에서 아동의 징집과 전투참가를 금하고 있다.

그러나 국제사회의 대응책에는 한계가 있다. 유엔이나 국제적십자, 인권단체들이 관련 국제협약과 여러 국제회의 결의사항을 통해 이 문제를 제기함으로써 세계인의 관심을 촉구해왔으며, 국제형사재판소도 15세 미만의 아이들을 전투에 참가시키는 것을 전범행위(戰犯行爲)로 규정하고 있으나 사정은 별로 달라지지 않고 있다. 아이들을 주로 이용하는 반군(反軍)들은 제네바협약 등 국제협약 체약 당사자는 정부이기 때문에 자신들은 구속되지 않는다고 주장하고 있다. 설령 전범임을 확인한다 해도 국제법정에 세우기가 그리 쉽지 않음은 구 유고 전범의 경우를 보더라도 알 수 있다. 이 문제는 법 이전에 세계의 양심에 관한 문제라고 보는 사람도 있으나 세계의 양심 또한 수시로 변한다는 데 문제가 있다.

대인지뢰와 적십자

1996년에 이어 금년에도 수해로 군부대에 보관 또는 매설되어 있던 지뢰가 유실되어 특히 경기 북부지역 수재민들의 시름을 더하고 있다. 유실된 포탄, 탄약, 대인지뢰 대부분이 수거되었다고 하나 발목지뢰 중 상당수가 아직 발견되지 않고 있으며 유실된 지점에서 130킬로미터 떨어진 인천 세어도에서 그 첫 희생자가 나타난 바 있다.

관련 자료에 따르면 현재 지구상에는 약 1억 개의 지뢰가 64개국에 매설되어 있어 매년 1만 5,000명이 목숨을 잃거나 불구가 되고 있으며, 이들 희생자 중 80%가 민간인들이다. 현재 가장 지뢰가 많이 있는 곳으로 아프가니스탄(500만~1,000만 개), 앙골라(900만~1,500만 개), 캄보디아(800만~1,000만 개), 이란(1,600만 개), 이라크(1,000만 개) 등을 들 수 있다.

지뢰는 그 가격이 싸고 제조와 사용이 쉬우면서도 가볍고 크기가 작지만 그 위력 또한 대단해 정규군이건 게릴라건 많이 사용하고 있다. 오늘날에는 플라스틱 재료까지 등장하여 금속탐지기로 찾을 수 없는 경우가 허다하다. 또한 예전에는 지뢰를 한 개씩 조심스럽게 매설하였으나 요즈음은 헬리콥터 등을 이용한 원거리 살포 시스템으로 광범위한 지역에 불과 몇 분 사이에 수천 개를 뿌릴 수 있으며, 이렇게 뿌린 지뢰는 비가 조금만 와도 흘러 내려와 민가나 밭, 길 등에 자갈 등과 함께 섞여 있다가 민간인들과 가축에 치명적인 피해를 안겨주어 난민의 귀향을 저해하고 경작활동뿐 아니라 일상생활에 막대한 지장을 주고 있다.

지뢰 한 개를 제거하는 데는 300~1,000달러가 든다. 유엔이 약 1,000억 원을 들여 고작 10만 개의 지뢰를 제거했으나 일년 동안 새로 뿌려지는 지뢰는 200만 개에 달한다. 새로 지뢰를 매설하지 않고 현재 이 지구상에 있는 지뢰만 제거하는 데는 1,100년이 걸린다고 한다.

유엔과 국제적십자사는 무고한 민간인들에게 무차별한 피해를 안겨주는 대인지뢰 문제 해결을 위해 힘써왔다. 적십자국제회의, 오타와 회의 등 각종 국제회의에서는 불필요한 살상을 되도록 줄이고 특히 민간인들에 대한 피해를 줄이기 위해 지뢰 제작 및 수출 금지, 전면적인 사용 금지를 비롯하여 일정 시간이 지나면 효능이 없어지는 지뢰로 대체하자는 등의 논의가 활발하게 진행되고 있다. 그러나 제작비가 싼 데다가(개당 3~20달러) 제조기술 또한 간단하여 개발도상국이나 민족해방전선, 게릴라들의 적극적인 참여 없이는 별 효과가 없을 것으로 보인다.

이렇듯 대인지뢰 사용 금지 문제가 국제사회의 핫 이슈로 등장하고 있으나 한국, 중국 등은 금지협약에 가입하는 것을 유보하고 있으며, 미국도 한반도를 예외로 인정해줄 것을 요구하고 있다. 이 두 나라에서 대인지뢰는 민간인 살상과는 거리가 먼 방어용 무기로서 한국의 경우 군사분계선을 따라, 중국의 경우 긴 국경선을 따라서 외부의 군사적 간섭과 침략으로부터 영토를 지키는 데 필수적이라고 보고 있기 때문에 대체할 방안을 찾기 전에는 대인지뢰를 전면적으로 금지시키는 데 동의하지 못하고 있다.

그러나 중국의 경우 지뢰제거 작업에, 대한적십자사의 경우 미얀마나 아프가니스탄의 지뢰 피해자들을 지원하는 계획에 적극 참여하고 있다. 미얀마에서는 지뢰로 다리를 잃은 사람들에게 의수족을, 캄보디아 지뢰 피해자들에게는 휠체어를 지원했으며, 아프가니스탄에서는 SBS와 공동 모금을 통해 지뢰 피해자들을 위해 종합복지관을 설립, 재활을 돕고 있다.

유엔의 경제제재 조치와 인도주의

유엔헌장 제7장은 평화에 대한 위협을 판단할 권한과 이를 회복할 수단을 안전보장이사회에 부여하고 있다. 즉 외교적 수단이 별 효과가 없을 경우 안전보장이사회는 제41조에 의거하여 제재조치를 취할 수 있으며, 제재로 불충분하다고 판단될 경우 군사행동을 결정할 수 있다. 이와 같이 제재는 외교와 무력 중간 단계의 국제적 압력수단으로서 실제적 충돌 없이 정치적 목적을 달성하는 데 그 목적이 있다.

그렇다면 침략에 의해 위협받는 일부 개인의 인권을 보호하기 위하여 사용한 제재조치가 다른 사람의 인권을 침해하고 있지는 않는가? "현 헌장에서의 의무조항과 다른 국제협약의 의무조항이 상충될 경우 헌장조항이 우세하다"는 유엔헌장 103조는 안전보장이사회의 결의사항이 제네바협약을 무시할 수 있다는 뜻인가?

유엔이 지금까지 내린 제재조치 중 가장 포괄적이고 엄격한 이라크(1990년)와 세르비아-몬테네그로(1994년) 상황에서 어느 정도 그 답을 얻을 수 있을 것이다.

전쟁으로 상하수도 등 위생시설과 의료시설을 포함, 기간시설이 파괴된 이라크에 1990년 8월 6일 안전보장이사회 결의 제661호로 자산 동결과 경제제재 조치가 내려졌으며, 보스니아-헤르체고비나에서의 전쟁 개입을 막기 위한 세르비아-몬테네그로에 내려진 제재는 사라예보에 대한 포위공격이 시작된 1992년 5월 30일부터 1993년 4월 17일 사이에 채택된 결의사항으로 비롯되었다.

수출입 금지와 자산동결은 무역의존 산업에 큰 타격을 주면서 국가 전반에 걸쳐 심각한 영향을 미치기 시작했다. 세르비아-몬테네그로의 경우 220만 노동인구의 30% 이상이 실직했으며, 물자의 품귀는 인플레이션을 가져왔다. 이라크의 경우 1990년부터 1994년 사이의 인플레이션은 수천 %에 달하며, 식량 가격만 하더라도 370배나 뛰었다. 1달러에 3디나르였던 환율도 550디나르가 되었다. 인플레이션은 가구당 구매력을 떨어뜨려 유고슬라브 적십자사와 연맹의 공동 조사 연구에 따르면 1990년부터 1994년 사이 가구당 수입은 10분의 1로 줄어들어 실제로 중산층은 사라진 셈이다. 인플레이션으로 가장 타격을 입는 사람은 고정급에 의존하는 사람이나 연금 생활자이다. 많은 이라크의 가정들이 가재도구를 내다 팔고, 한푼이라도 더 벌기 위하여 아이들은 학업을 중단했다.

경제제재 조치는 식량이나 의약품의 절대부족을 가져왔을 뿐 아니라 장비의 수리나 부품조달을 어렵게 만들어 사회 전반적인 기능 부진을 가져왔다. 식량부족은 곧 영양실조로 이어졌으며, 파괴된 위생시설과 질병관리능력 부재, 의약품 부족은 유아사망률을 급증시켰다. 전에는 계절적이었던 질병이 연중 발생하게 되어, 여름에만 있던 설사가 이제는 겨울에도 흔히 볼 수 있으며, 겨울에만 있던 극심한 호흡기 질환이 이제는 여름에도 흔하게 되었다. 이라크 적신월사의 보고에 따르면 신생아의 22%가 미숙아이거나 또는 심각한 체중 미달자들이며 이러한 수치는 걸프전 전보다 5배가 증가된 수치이다.

위의 예만 보더라도 이라크와 세르비아-몬테네그로에 대한 경제제재 조치에서 얻은 정치적 성과에 비해 인도주의적 대가가 너무 높은 것을 알 수 있다. 그렇다고 해서 유엔의 제재조치가 적법하지 않다거나 제재를 하지 말아야 한다는 주장이 아니며, 단지 전쟁이 민간인의 생명을 마땅히 중시해야 하는 것과 마찬가지로 제재조치가 민간인에게 미치는 영향을 고려해야 한다는 것이다. 그러나 이것은 그리 쉬운 일이 아닐 것이다.

1995년 1월 유엔 사무총장은 제재조치를 취하기 전 인도주의적 영향을 검토할 것과 인도주의적 구호물자의 수송보장을 촉구한 바 있다. 그러나 이것이 현실화되는 것은 아득히 멀다. 왜냐하면 첫째, 특정한 정치적 목표를 달성하기 위해 국민들이 겪어야 할 고통의 정도와 제재 완화기준에 대한 객관적 판단이나 의견의 일치를 보기가 힘들기 때문이다. 둘째, 안전보장이사회의 결의사항에 있어서 '인도주의적 예외'에 대한 정의가 모호하다는 점이다. 셋째, 제재위원회의 불투명하고 느린 일 진행은 확실하게 면제를 받은 식량이나 약품조차도 그 반입에 시간을 끌고 있어 유엔이나 국제적십자의 수송차량을 보통 수주일씩 기다리게 만들어 약품의 유효기간을 넘기게 하는 것이 예사이다.

국제적십자운동은 그 기본원칙과 제네바협약에 의해 제재조치로 고통받고 있는 사람들을 도울 의무가 있다. 제재조치가 취약 집단에 특히 극심한 영향을 미쳐 다수의 인구가 가난에 시달리고 인도주의 단체의 지원이 전적으로 거부되거나 방해를 받을 때 적십자는 안전보장이사회에 이들을 대변해야 한다. ICRC는 안전보장이사회가 예외조항을 명시하지 않았다 할지라도 인도주의적인 예외는 항시 인정되어야 한다는 주장이다. 인도주의 단체에게는 언제, 어디서나 중립적이고 공평한 입장에서 인간의 고통을 경감하는 것이 최대의 관심사이다. 분쟁의 소용돌이에 휘말린 민간인들은 제재 여부에 상관없이 적절한 의료혜택을 받을 권리가 있으며, 제재 여부에 상관없이 민간인의 아사(餓死)는 용납될 수 없다.

구 유고 사태와 적십자

배경

2차대전 당시 나치 독일에 저항을 벌였던 티토는 2차대전 직후 슬로베니아. 크로아티아, 보스니아-헤르체고비나, 세르비아, 몬테네그로, 마케도니아 등 6개 공화국과 보이보디나와 코소보 등 2개의 자치주로 유고슬라비아 연방을 수립, 발칸반도를 통일했다.

1980년 티토의 사망으로 통합의 구심점을 잃은 유고연방은 80년대 말 공산체제의 붕괴와 함께 각 공화국 내부에서 민족주의 세력이 부상, 서둘러 탈연방 독립의 길로 나아가면서 최대 민족이며 연방 유지를 원하는 세르비아인과 다른 민족들간의 대립이 첨예화되었다.

1991년 6월 25일 슬로베니아와 크로아티아 두 공화국이 제일 먼저 독립을 선포했으며 이들의 독립을 막기 위해 유고연방군 탱크가 두 공화국으로 진격하면서 유고 내전은 시작되었다.

상황의 전개

인구의 91%가 슬로베니아인으로 구성된 슬로베니아 내전은 60명 정도의 인명 피해를 내고 열흘 만에 끝났으나 2차대전 당시의 우스타시 대학살[1]의 악몽을 기억하는 세르비아인들은 민병대를 조직, 세르비아 주도 연방군의 지원을 받아 크로아티아 영토의 3분의 1에 달하는 크라이나 지역을 차지했다.

1992년 2월 29일 보스니아-헤르체고비나가 다시 독립을 선언하자 전선은 이 지역으로 옮겨갔다. 보스니아는 회교도 43.7%, 세르비아인 31.4%, 크로아티아인 17.3%, 기타 민족 10%로서 가장 복잡한 민족구성을 가진 지역이다. EC 및 그 밖의 나라들이 보스니아의 독립을 승인하자 보스니아 내의 세르비아계는 독립을 선언하고, 연방군이 철수하면서 남겨두고 간 무기로 영토 전역에 걸쳐 전투를 벌여 오늘날 보스니아 영토의 거의 80%를 차지했다.

한편 세르비아계에게 영토의 3분의 1을 잃었던 크로아티아는 1995년 8월 4일 '폭풍작전'을 통해 점령지의 대부분을 되찾으며, 또다시 많은 이재민이 발생하게 되었다. 이들 세르비아계는 보스니아로 넘어가 보스니아 내의 세르비아계와 합류, 보스니아 회교 정부군을 위협하게 되었다.

20만 명 이상의 사상자와 200만 명 이상의 난민이 발생한 전후 유럽 최대의 참사인 유고내전 기간 동안 여러 차례 지도가 바뀌었다. 유엔 안전보장이사회의 결의 등을 통해 안전지대 설정, 비행금지구

---

1) 우스타시 대학살 : 크로아티아인들의 극단적 민족주의 단체인 우스타시가 세르비아인 75만 명을 학살한 사건.

역 설정, 경제제재 조치, 전범재판소 설치, 유엔 평화유지군 파병 등 조치가 따르고 있기는 하나 인종적으로 복잡하게 얽혀 있을 뿐 아니라(크로아티아인, 세르비아인, 슬라브인, 헝가리인, 알바니아인, 이슬람인, 몬테네그로인, 슬로베니아인, 마케도니아인 등) 이들이 가진 종교도 희랍정교와 이슬람교, 가톨릭 등으로 나뉘어 있어 해결책은 쉽게 보이지 않고 오직 힘에 의한 점령만이 보일 따름이다.

국제인도법 위반

제2차 세계대전 이후 유럽에서의 가장 참혹한 전쟁인 유고 내전은 종족과 종교문제가 복합적으로 작용하여 어느 쪽이라 할 것 없이 정도의 차이는 있을지 몰라도 비인도적인 행위를 저질렀으며, 그 중에서도 특히 다음과 같이 국제인도법—제네바협약을 위반했다.

1. 양측이 국제적인 동정을 얻는 방법으로 자기 국민을 공격하고는 상대편을 비방
2. 병원과 학교 옆에 박격포 설치
3. 적십자 차량 공격 및 탈취
4. 구호물자 반입 방해(베오그라드에서 사라예보로 구호물자를 싣고 가려던 ICRC대표 3명 피살)
5. 앰뷸런스로 무기 수송
6. 보스니아-헤르체고비나 인구의 10%인 약 40만 명이 전투로 집을 잃고, 총 200만 명의 난민이 발생함으로써 2차대전 이래 유럽 최대의 난민문제 야기
7. 세르비아는 사라예보시 주민들을 굶겨서 항복시키려 했으며, 구호물

자 트럭을 무력으로 탈취

8. 세르비아의 '인종청소' 정책의 일환으로 여자들 강간 및 살해

9. 포로수용소 및 강제수용소에서 각종 잔학행위 자행

유고 전범재판소

1993년 2월 22일 유엔 안전보장이사회는 유고 전범재판소를 설치할 것을 만장일치로 가결하였으며, 같은 해 11월 17일 판사 11명과 운영요원 373명의 인원으로 구성된 전범재판소가 2차 대전 후 처음으로 국제사법재판소가 있는 헤이그에서 문을 열었다.

이 재판소는 1991년 1월 1일 이후 구 유고연방 내에서 자행된 각종 범죄 가운데 제네바협약 위반사항, 1948년 12월 9일 유엔에서 제정된 집단 학살방지 및 처벌에 관한 위반행위, 전쟁법 위반행위 등을 다루게 된다. 구체적으로는 인종청소, 대량학살, 강제수용소에서의 잔학행위, 조직적인 강간, 고문, 약탈행위를 명령하고 실행한 책임자들이 처벌 대상이 된다. 현재 슬로보단 밀로세비치 세르비아 대통령, 보스니아 내의 세르비아계 지도자 라도반 카라리치, 세르비아 민병대 사령관 라트코 물라디치 등이 대상이 될 것이다.

적십자 활동

개전 초기부터 현지에서 활동을 해온 국제적십자위원회(ICRC)는 가장 중립적인 기구로서 무력분쟁 희생자들을 위한 각종 활동을 전개해오고 있다.

심한 전투로 또는 분쟁 당사국의 저지로 접근이 불가능할 때를 제외하고는 20여 명의 ICRC 대표들과 171명의 현지 대표들이 분쟁지역 전역에 걸쳐 각종 인도주의 활동을 하고 있다.

1994년 한 해 동안 강제수용소 또는 포로수용소에 억류되어 있는 7,000명의 수감자들을 방문, 면담했으며, 600만 통의 가족서신을 교환했다. 육로 또는 항로를 통해 난민 100만 명에게 구호품을 배급하는 한편, 사라예보 등지에서는 노인과 불구자, 아이들을 위해 집단급식소를 설치, 식사를 공급하고 있으며, 모스타르(Mostar)와 네레트라(Neretra) 강변에서도 비슷한 프로그램을 독일 적십자사가 실시해오고 있다. 또한 2,500명의 가족 재회와 1,800명의 수감자 석방을 주선하기도 했다.

이밖에 보스니아-헤르체고비나에서 운영하고 있는 외과병원을 비롯하여 250개의 의료시설을 덴마크, 핀란드, 독일, 노르웨이, 스위스, 영국 적십자사의 지원으로 운영하고 있다. 식수, 위생문제도 적십자의 주요 관심사로서 비하크(Bihac)만 하더라도 병원 용수와 민간인을 위해 3만 리터짜리를 비상용으로 추가 조달하였다.

전쟁의 포화 속에서도 인도주의 이념과 국제인도법 존중은 계속 강조되어야 할 사항으로서 ICRC는 현지 언어들로 만든 각종 자료들을 준비하여 정부와 군대, 민간인들에게 보급하고 있다.

국제적십자운동-역사, 이념, 기구, 표장

1. 적십자운동의 역사

적십자운동은 1859년 이탈리아 통일전쟁 당시 이탈리아 북부 솔페리노 전투에서 비롯되었다. 당시 이탈리아 북부를 차지하고 있던 오스트리아를 알프스 북쪽으로 몰아내려던 사르디니아는 프랑스와 손을 잡고 2개월에 걸친 대격전을 치르게 된다. 이때 스위스 청년 실업가 앙리 뒤낭은 사업차 그곳을 지나다가 막 전투가 끝난 전쟁터의 참상을 목격하게 된다. 앙리 뒤낭은 당초 여행 목적은 접어두고 마을 부녀자들을 동원, 부상병들을 돌보게 된다.

약 2주일에 걸쳐 마을 부녀자들과 함께 부상병들을 돌본 앙리 뒤낭은 제네바로 돌아와 이때의 경험을 3년 후인 1862년 《솔페리노의 회상(*A Memory of Solferino*)》이라는 책에서 자세히 묘사한다. 앙리 뒤낭은 이 책에서 전쟁의 참상만 자세히 기록한 것이 아니라 두 가지

중요한 제안을 내놓고 있는데, 그 첫번째 제안은 평시에 각국에 헌신적이고 자격 있는 봉사자들로 구성된 구호단체를 설립하여 전시에 군 의료활동을 돕자는 것이고, 두번째 제안은 부상자들과 이들을 돌보는 의료요원들을 중립으로 간주, 보호하는 국제적인 협약을 만들자는 것이었다.

이 책이 출간되자마자 유럽의 양심을 크게 움직여, 앙리 뒤낭의 두 가지 제안은 마침내 결실을 보게 되었다. 1863년 제네바공익협회 안에 앙리 뒤낭의 제안을 구체화하기 위한 위원회가 구성되었으며, 같은 해 10월 26일부터 29일까지 제네바에서 16개국이 참가한 가운데 열린 국제회의는 앙리 뒤낭의 첫번째 제안인 군 의료활동을 지원할 구호단체를 각국에 설립할 것과 표장으로 적십자를 채택하는 등 적십자의 탄생을 정식으로 가결했으며, 이듬해인 1864년 10개 조항으로 된 최초의 제네바협약이 제정됨으로써 뒤낭의 두번째 제안도 결실을 보게 되었다.

2. 적십자 이념

1859년 이탈리아 북부 솔페리노에서 앙리 뒤낭과 함께 부상병을 돌보던 마을 부녀자들은 "모든 사람은 형제(Tutti fratelli)"라며 적국인 오스트리아 부상병들도 차별하지 않고 돌봤는데 이렇듯 적십자 기본 정신은 앙리 뒤낭과 마을 부녀자들이 적군과 아군을 가리지 않고 고통받는 인간을 돌보는 데서 비롯되었다. 그 후 시대가 바뀌면서 인간의 고통이 부상자들에 국한되지 않고 인간사 거의 전반에 걸쳐지게 되었다. 정도의 차이는 있을지 몰라도 끊임없이 분출하는 여러 가지 고통은 적십자 활동영역의 확대와 전문화를 요구하고 있으며 그 어느 경우에도 인도주의적인 가치에 근거하고 있음을 알 수 있다.

적십자운동 기본원칙이 일곱 가지로 확정된 것은 그리 오래 되지 않았다. 초기에는 적십자운동의 성격을 나타내는 인도주의와 적십자사 상호간의 결속, 평등, 공평 등 여러 가지가 거론되었으나 성문화된 것은 아니고 여러 차례에 걸친 국제회의에서, 그리고 많은 학자들의 연구의 결과로 마침내 오늘날의 7대 원칙이 1965년 비엔나에서 개최된 제20차 국제적십자회의에서 만장일치로 선포되었다.

적십자 7대 원칙 중 '인도'의 원칙이야말로 기본 원칙의 근간이 되는 원칙으로 적십자운동의 중심 이념이기도 하다. '공평, 중립, 독립, 봉사, 단일, 보편'의 원칙은 첫째 원칙인 '인도'의 원칙을 적십자 활동을 통해 구현함에 있어서 지켜야 할 방법적인 지침이라 하겠다. 즉 '평등'과 '무차별'을 뜻하는 '공평'의 원칙은 '인도'의 원칙을 실천하고 적용하는 태도와 방법이며, '중립'과 '독립'은 적십자운동의 권위와 공신력을 높이며 적십자인에 대한 신임을 높이고 적십자에 부여된 임무를 수행하는 데 지장 없이 기능을 발휘하여 활동할 수 있도록 하기 위하여 적십자가 보여야 할 보증에 관한 것이며, '보편'은 '인도'와 '공평'의 원칙에 따르는 이상적이고도 실제적인 조건이 된다.

이와 같이 적십자 기본 원칙은 각종 행사에서 낭독되거나 인쇄물이나 액자 속에 비치하는 데 그쳐서는 안 되는 적십자운동의 성격과 적십자인의 자세와 신념을 규정하는 것으로 130여 년 동안 이 운동을 이끌어온 도덕률이기도 하다.

흔히 좋은 일이면 다 적십자가 한다고 생각하는 적십자인들이 많이 있다. 한정된 재원과 인력에 비추어볼 때 국적, 인종, 정치적 견해의 차이에 상관없이 항상 더 위급한 상황, 더 고통받는 사람들을 도와야 하는 우선 순위를 정하는 데 있어서 기본 원칙이 적용된다. 또한 무보수와 자원봉사를 혼동하는 경향이 있으나 보수를 받는지 여부보다는 얼마나 자발적으로 일하느냐가 더 중요하며, 오늘날같이 지속성과 전문성을 요하는 분야에서 상근 전문요원을 필요로 할 수 있다는 점을 기억해야 할 것이다. 적십자사가 이윤을 추구하는 기관은 아니지만 수혈이나 치료 등을 제공하는 데 있어서는 적십자사가 파산하지 않고 계속 어려운 사람에게 도움을 제공할 수 있는 정도의 적정비용이어야 할 것이다.

이밖에 인도주의 단체의 회원이나 직원으로 일하고 있는 사람에게는 오히려 더 엄격한 기준이 적용되어야 하는데도 흔히 인도주의를 내세워 자신들이나 동료들에게 관대한 경우를 볼 수 있다. 그러나 적십자 원칙은 적십자인의 생활과 선택을 용이하게 하기 위하여 제정된 것이 아니라 어디까지나 피해자, 고통받는 사람들에게 보다 나은 도움을 제공하기 위한 것이라는 것을 기억해야 할 것이다.

3. 국제적십자운동의 구성

〈구성〉국제적십자운동은 국제적십자위원회와 국제적십자사연맹, 각국 적십자사로 구성되어 있다.

국제적십자위원회(ICRC : International Commitee of the Red Cross)

ICRC는 1863년 설립된 적십자운동의 모체로서 정치, 인종, 이념, 종교의 벽을 넘어 중재 역할과 적십자 이념 및 국제인도법을 보급 · 준수토록 하는 일, 이산가족을 찾아주거나 재결합시키는 일, 포로교환을 주선하는 일, 신생 적십자사를 승인하는 일 등을 한다. ICRC는 주로 분쟁상황에서 활동하고 있으며, 최근에는 민간인 보호 측면에서 대인지뢰나 불필요한 피해나 상처를 주는 무기의 사용제한 운동 등도 주도적으로 하고 있다. 본부는 제네바에 두고 있으며 그 사업의 성격상 위원은 전원 스위스인으로 구성되어 있다.

국제적십자사연맹(International Federational of Red Cross & Red Crescent Societies)

미국 적십자사 전쟁위원회 의장인 데이비슨(Henry P. Davison)은 깐느에서 개최된 세계의학회의에서 연맹의 창설을 주도했다. 회의 참석자들은 제1차 세계대전(1914~1918) 중 활약한 수백만 명에 달하는 봉사원들의 활동을 치하하고, 전쟁은 끝났지만 이들의 활동은 더욱 발전시켜야 한다는 데 의견을 모아 연맹의 창설을 보게 되었다. 실제로 종전 후 전재민을 위한 활동 등 많은 일감이 적십자 봉사원들의 보다 조직적인 활동을 필요로 하게 되었으며, 활동영역 또한 넓어졌다. 현재 전세계 178개국 적십자사가 회원으로 가입되어 있는 연맹은 ICRC와는 달리 자연재해나 보건 · 복지, 청소년, 적십자사 발전 지원 등 주로 평화시 활동에 주력한다. 설립 당시에는 파리에 본부를 두었으나 1939년 제네바로 옮겼다.

각국 적십자사(National Societies)

나라마다 조금씩 다르기는 하나 적십자사는 전상자 치료활동으로 시작하여 평시 활동으로 확장되었으며, 전세계 공통적으로 인도주의 이념하에 인간의 고난을 예방, 경감하기 위해 일하고 있다. 각국 적십자사는 인도주의 활동에 있어서 정부의 보조적 역할을 하고 있으나 적십자 원칙에 따라 움직일 수 있도록 항상 자율성을 유지해야 한다.

〈회의〉지역 내 적십자사들이 만나는 지역회의, 연맹 회원국 전체가 만나는 연맹 총회(General Assembly), ICRC도 참가하는 대표자회의(Council of Delegates), 제네바협약 체약 당사국 정부 대표도 참가하는 국제적십자회의(International Conference of Red Cross)가 있으며, 상설기구로 상치위원회(Standing Commission)가 있다. 국제적십자회의는 4년마다, 연맹 총회와 대표자회의는 매 2년마다 개최된다. 지역회의는 일정하지 않으나 보통 4년마다 열린다. 상치위원회는 ICRC 2명, 연맹 2명, 적십자사 대표 5명으로 구성되어 있으며, ICRC와 연맹은 각각 그 대표에 총재가 포함된다. 적십자사 대표 5명은 국제적십자회의에서 개인자격으로 선출된다.

4. 적십자 표장

유래

1859년 적십자운동이 싹트게 된 솔페리노 전투의 참상은 당시의 군 의료활동이 미비해서뿐 아니라 전투원과 의료요원을 구분하는 어떤 통일된 표지가 없었던 것도 한 가지 이유였다. 1863년 제네바에서 개최된 최초의 국제회의에서 이들을 구분하는 표지로 흰 바탕에 적십자를 택했으며, 그 이듬해인 1864년 최초의 제네바협약은 정식으로 적십자 표장을 인정했다. 흰 바탕에 적십자는 적십자운동의 창시자 앙리 뒤낭의 조국인 스위스의 국기, 즉 붉은 바탕에 흰 십자를 색깔만 반대로 한 것이지 기독교의 십자가(Cross)와는 아무런 상관이 없으나 1876년 터키와 러시아 간의 전쟁에서 터키군이 적십자 대신 적신월(Red Crescent)을 그 표장으로 사용한 이래 회교국에서는 적신월 표장을 사용하고 있으며, 적사자태양(Red Lion & Sun)을 사용하던 페르시아(현 이란)는 1980년 왕정 붕괴와 함께 적신월로 바꿨다.

보호기장과 표시기장

이렇듯 적십자(또는 적신월) 표지는 전쟁터에서 부상자들과 이들을 돌보는 의료요원과 시설, 이들을 수송하는 차량이나 선박, 항공기를 보호하기 위한 목적으로 만들어져 주로 군대에서 사용되고 있으며, 먼 곳에서도 쉽게 식별되도록 크게 표시하고 있다. 적십자 표장은 또한 적십자사 건물이나 기, 회원, 시설, 차량 등 적십자운동에 속해 있음을 나타낼 때에도 사용되며, 이 경우 앞의 보호기장과는 구분되어야 하기 때문에 작게 표시하고, 소속 적십자사의 이름을 함께 표기하는데, 이것을 표시기장이라 한다.

표장 사용

중동전에서 화약고 지붕에 적십자를 표시한 경우나 무기수송 차량을 마치 부상병 수송 차량인 양 적십자 표장으로 위장한 사례를 많이 찾아볼 수 있었다. 이뿐 아니라 마약 밀매단이 마약자루에 적십자 구급낭이라고 위장한 경우도 있었다. 적십자 보호기장의 사용은 제네바협약에서 엄격하게 규정하고 있으며, 각국이 국내법으로도 그 사용을 규정하도록 되어 있다.

우리 주변에도 군 의무부대나 적십자사와 전혀 상관이 없는 단체나 기관, 개인이 적십자 표장을 사용하고 있는 것을 흔히 볼 수 있다. 병원, 약국 등 보건·안전 부분에서 가장 많이 잘못된 사용을 볼 수 있으며, 얼마 전까지만 해도 호텔 변기에 위생구호와 함께 적십자 표장이 찍힌 띠를 두르기도 했다. 국제적십자위원회(ICRC)가 강력하게 시정을 요청한 것으로 판문점 내에서 일하는 근로자들이 적십자 완장을 두른 경우도 있다. 요즈음 젊은이들이 입는 티셔츠나 목걸이, 모자 등에서도 심심지 않게 적십자 표장을 발견할 수 있다.

적십자 표장이 이렇게 함부로 사용되는 것을 방치할 경우 특히 무력충돌시 정작 보호받아야 할 사람들이 제대로 보호받지 못하는 심각한 사태가 발생하기 때문에 각국 정부와 적십자사는 교육과 홍보, 고발을 통해 적십자 표장이 잘못 쓰이는 일이 없도록 힘써야 할 것이다.

5. 제네바협약

제네바협약은 전쟁시 군대의 부상자와 환자, 포로, 민간인들을 보호하는 국제조약이다. 그러나 제네바협약은 단번에 쉽게 만들어지고 또 즉각적으로 받아들여진 것은 아니고 여러 해에 걸친 계획과 협상의 결과이다.

제네바 협약의 기초를 다진 것은 앙리 뒤낭이다. 1859년 솔페리노 전쟁터에서의 경험을 담은 그의 저서 《솔페리노의 회상》(1862년)에서 "부상병들은 적군·아군 차별 없이 중립으로 취급하고, 국적·인종·정치적 견해의 차이에 상관없이 치료하자"는 뒤낭의 제안에 1864년 제네바회의에서 참가국 모두가 동의했다. 이밖에 부상병을 치료하는 야전병원, 의료장비, 의료요원에게는 총격을 가하지 않기로 하였다. 이것이 제1제네바협약의 골자이다.

그 후 제2협약이 나오기까지는 43년이라는 오랜 세월이 흘렀다. 제2, 제3, 제4 협약이 만들어진 때와 각 협약의 주요 내용은 다음과 같다.

제2협약(1899) : 해상에 있어서의 부상자, 병자 및 조난자의 상태 개선에 관한 협약.

해전에서의 부상자, 환자, 조난자들도 육전의 병사들과 마찬가지의 인도적인 대우를 받게 한 협약이다.

제3협약(1929) : 포로의 대우에 관한 협약

전쟁포로에 대한 인도적 대우를 보장하는 협약으로서 포로들은 단지 이름과 계급, 생년월일, 군번 외에는 심문에 대답을 거부할 수 있다. 포로들은 전투지역으로부터 신속히 안전지대로 이동시켜야 하며, 깨끗하고 위생적인 환경 속에 수용되고, 다양하고 양질인 식사를 충분히 제공받아야 한다.

제4협약(1949) : 전시에 있어서의 민간인의 보호에 관한 협약

분쟁지역에 있는 민간인들의 대우에 관한 제4협약은 전쟁지역에 있는 민간인을 공정하고 인간적으로 취급할 것과 민간인들의 재산을 보호할 것을 규정하고 있으며, 민간 병원지역을 보호하고, 강제 이주를 금하고 있다.

솔페리노의 전투장면을 그린 그림과 지금의 언덕

1864년 제네바협약이 제정될 당시의 장면을 프랑스 화가가 그린 그림. 제네바 시청 알라바마 홀(Alabama Hall)에 걸려 있으며, 그 방은 당시 모습 그대로 보존되고 있다(위).
적군·아군 차별 없이 부상병을 돌보는 군의관의 모습을 그린 그림(아래).

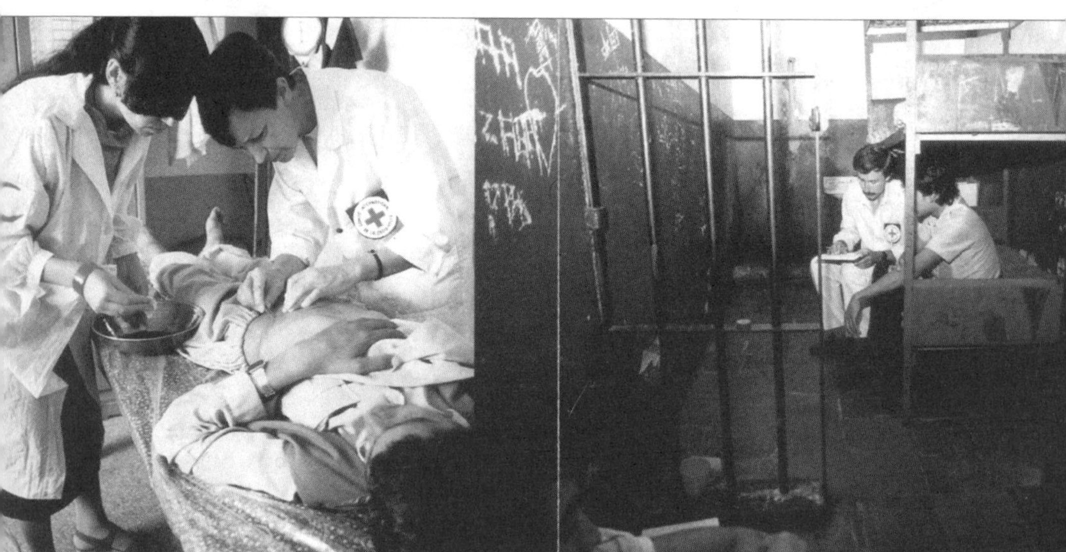

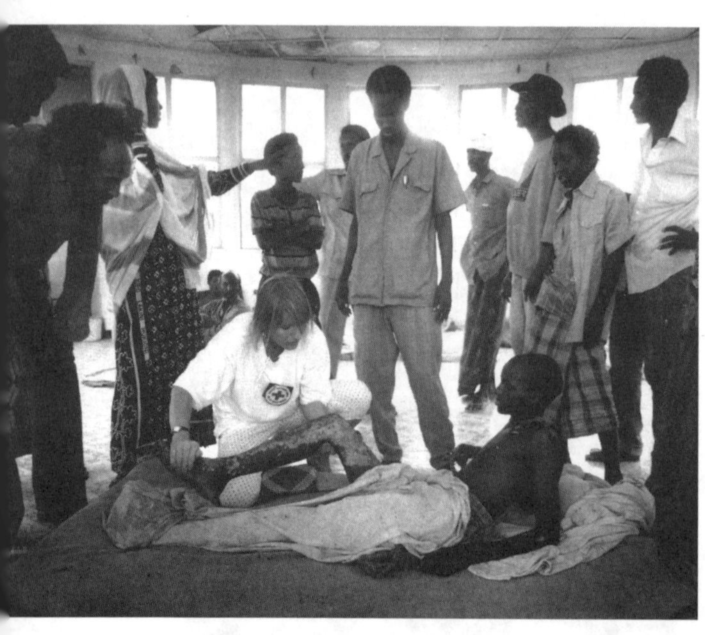

함께 꾸는 인류 사랑의 꿈

엄정식(서강대 철학과 교수)

꿈을 혼자 꾸면 꿈으로 끝날 수 있지만 여러 사람이 함께 꾸면 현실이 된다는 말이 있다. 스위스의 청년 실업가인 앙리 뒤낭이 1859년 이탈리아의 솔페리노 전투를 목격하고 품었던 인류애의 꿈이 오늘날 구체적인 현실이 되어 그 의미를 더해가고 있다.

그는 4만여 명의 사상자를 내고 15시간 이상 계속된 이 전투를 목격하며 그 어떠한 명분으로라도 인간이 이러한 형태로 희생되어서는 안 되다고 확신했다. 인종과 종교, 국가와 이념, 적과 동지를 초월해 진정한 의미의 휴머니즘을 실현하려는 이른바 '적십자 정신'은 그렇게 해서 탄생한 것이다.

그러나 솔페리노의 꿈이 항상 무지개 빛을 발산하며 순조롭게 실현된 것은 아니었다. 적십자인들은 지속적인 분쟁과 불화의 중심으로 달려가야 했으며 증오과 대립의 소용돌이 속에 끊임없이 휩쓸리지 않으면 안 되었다.

특히 최근에 와서 세계화의 물결이 더욱 거세지고 다원주의의 도전이 한층 가열되는 현상을 나타내자 국가권력은 약화되고 종교의 역할도 미약해지는 경향을 보이고 있다. 개인의 원자화와 집단 이기주의, 광신적 열광주의가 혼재되어 인류는 또 하나의 엄청난 재앙을 준비하고 있는 것이 아닌가 하는 의구심이 들기도 한다.

우리가 적십자 정신의 구현을 갈망하고 세계 적십자인들의 역할에 더 큰 기대를 하게 되는 이유도 바로 여기에 있다. 더구나 반세기가 넘도록 분단의 시대를 살아가며 민족의 화해와 통일의 실마리를 좀처럼 풀어가지 못하는 우리에게 그 기대와 열망은 더욱 절박해질 수밖에 없다.

대한적십자사의 서영훈 총재가 지적했듯이 김혜남 한서대 교수는 "참으로 뛰어난 적십자의 일꾼"이었으며 특히 "한국 청소년적십자 운동에 큰 업적을 남긴 공로자"이다.

이 책《솔페리노의 꿈》은 국제인도법을 강의하고 있는 김 교수가 32년 동안 적십자에서 일하며 체험했던 숱한 추억을 모아 펴낸 것이다.

여기에는 적십자 정신이 무엇인지가 체험적으로 부각되어 있고 대한적십자사 창립 이후 반세기 동안의 행적과 공과가 무엇인지 잘 그려져 있다. 특히 그 중에서도 분단된 조국의 나머지 반쪽을 인내와 연민을 갖고 상대해야 했던 기록이 자상하게 담겨 있다.

이 책은 뒤낭이 지녔던 솔페리노의 꿈이 김 교수를 통해서 어떤 식으로 또 얼마만큼이나 이 땅에서 이루어져왔는지를 기록한 구체적인 문서이며 동시에 미처 못 다 부른 노래를 위한 서사시이기도 하다.

그는 나이팅게일처럼 가난하고 억압받는 자들을 보살피기 위해 어디든지 갔으며 때로는 잔 다르크처럼 위험을 무릅쓰고 적지에 뛰어들기도 했다. 그리고 때로는 낯선 장소에서 낯선 사람들을 만나 열변을 토하기도 했다. "적십자는 휴머니즘"이라고.

김 교수의 영광과 고뇌는 적십자인들뿐만 아니라 우리들 모두의 것이다. 이제 그의 횃불은 누군가에 의해서 전수되지 않으면 안 된다. 그가 도달한 지점에서 우리는 출발하지 않으면 안 되기 때문이다.